Louis COSTEL

ET MÊME LEURS CLOCHERS SE TAISENT

Charles
EDITIONS CORLET

Z.I. route de Vire
14110 Condé-sur-Noireau

DU MÊME AUTEUR

Hier, mon pays, éd. OCEP.

Ainsi va la vie, éd. OCEP.

Le dernier sorcier du mont Etenclin, éd. OCEP.

Épée, frappe le berger, éd. Le Cercle d'Or.

Mes frères, éd. Le Cercle d'Or.

Faits divers, éd. OCEP.

Car ils croyaient brûler le diable (grand prix de la ville de Caen), éd. Sodirel.

Un cas d'envoûtement, éd. Fayard.

Bonnes gens, éd. Universitaires (Prix Eugène Le Roy).

Mille ans sont comme un jour, éd. Universitaires.

Paul Vair, chantre et custos en Normandie, éd. OCEP.

Le tablier d'humilité, éd. Desclée de Brouwer, (Prix des librairies de Normandie et Prix du Grand Ouest).

Le dernier harnais, éd. Desclée de Brouwer.

Curé de campagne, éd. Desclée de Brouwer.

La main du diable, éd. Desclée de Brouwer.

Le Royaume, éd. de la S.A.C.N.

ISBN : 2-85480-380-9

PROLOGUE

La paroisse de Sainte-Apolline-des-Champs est plus que millénaire. Elle existait, bien avant la venue de Vikings, qui devaient s'y installer vers le Xe siècle, après avoir chassé ses habitants. L'église elle-même témoigne de cette ancienneté : le mur septentrional de la nef conserve des pierres rangées, de manière à former des arêtes de poisson, comme on en trouve dans les édifices les plus vénérables du Cotentin. On y voit une porte cintrée, de l'époque romane.

Une tour carrée, voûtée à l'intérieur, et qui se termine comme de nombreux clochers du Cotentin, par un toit en bâtière, précède l'église. A droite et à gauche de la porte placée au midi, on aperçoit deux modillons à figures grimaçantes, qui ont sans doute appartenu à un ensemble aujourd'hui disparu.

L'autel principal est orné de deux colonnes torses entourées de branches de vigne, et de grappes de raisin, qui s'élèvent en spirales. Elles sont surmontées d'un fronton. Au milieu du tympan, paraît le Père Éternel, dont la tête se détache en avant, et qui, dans sa main gauche, porte un globe figuré par une sphère que domine une croix. Cet autel doit dater du règne de Louis XIV ou Louis XV.

L'église est placée sous le vocable de Sainte-Apolline, dont le culte fut rapporté d'Orient, au temps des croisades. Elle dépendait de l'archidiaconé de la chrétienté, et du doyenné de Valmont. Elle payait 12 livres de décimes.

Depuis le XIVe siècle, et jusqu'à la Révolution, le curé bénéficiait, avec son habitation, de quinze vergées et demi de terre.

Jusqu'au XIIIe siècle, cette paroisse avait pour dénomination le nom même de celui qui en détenait le patronage et la seigneurie : « La Fresnaie ». Selon les plus anciens auteurs, le premier seigneur, Raoul de la Fresnaie, participait à la conquête de l'Angleterre, en 1066, avec Guillaume le Bâtard. Il eut deux fils : Raoul et Guillaume. Celuici, en l'année 1141, fit prisonnier, à la bataille de Lincold, le roi Étienne, qui disputait alors la couronne d'Angleterre à Mathilde, fille de Henri 1er. Son frère, Raoul, possesseur de plusieurs fiefs, dans le Comté du Dorset, y fonda le monastère de Tarent. A cette même époque, un autre de la Fresnaie était évêque de Lincold.

Vers le XIVe siècle, n'ayant pas d'héritiers mâles, la seigneurie de la Fresnaie devait tomber en quenouille. De nombreuses familles nobles, depuis cette époque, se sont succédées au château maintes fois remanié, et jusqu'au siècle dernier, cette fois, au lieudit « les Étangs », à cause des deux pièces d'eau qui le précèdent, et qui durent, jadis, alimenter les douves de la construction primitive.

Voici toute l'histoire de Sainte-Apolline-des-Champs ; elle est simple : elle ressemble à celle des six cents autres paroisses rurales du Cotentin. Comme elles, sa population est, depuis plus d'un siècle et demi, en régression. De neuf cent vingt habitants, qu'elle comptait en 1850, d'année en année, la population est parvenue, en 1988, au chiffre de deux cent quatre-vingt-huit.

Sainte-Apolline-des-Champs garde encore un curé, contrairement à tant d'autres paroisses, plus importantes. L'abbé Pouélat est un homme timide, austère, peut-être un sage, qui n'a jamais souhaité, en avancement, un poste de premier ordre. Au long des quarante-trois années de présence, il s'est trop profondément enraciné pour pouvoir s'arracher à ses ouailles, dont il a baptisé deux générations. Depuis dix ans, il dessert, en supplément, une commune voisine, qui compte cent trente-cinq habitants, où il n'y a pas de culte, le dimanche. Parvenu à quatre-vingt-trois ans, il n'a plus d'autre ambition que celle d'achever ses jours au milieu de son peuple.

Il a éprouvé quelque peine à mettre en pratique la « mise à jour » du concile. Il n'est pas « traditionnaliste » ; il entend seulement, dit-il, demeurer fidèle à la Tradition. Soumis à son évêque, par principe, il est seigneur et maître dans ses paroisses ; et leurs frontières sont sacro-saintes. Devant la criante pénurie du clergé, il ne voit, pour le moment, qu'une alternative : tenir, tenir, jusqu'au bout.

Ses paroissiens le considèrent avec la crainte puérile qu'ils ont gardée depuis le temps du catéchisme, où ses colères les terrorisaient. Il n'a rien perdu, avec l'âge, de son caractère sanguin. Mouton, dans la rue, lion, dans la chaire de vérité. Chaire qu'il n'a pas désertée à la manière de ses confrères. Et s'il célèbre encore en tournant le dos à son peuple, c'est pour mieux le précéder, dit-il, en riant.

L'ancien professeur de sciences qu'il fut se définit comme le « dernier dinausaure du diocèse », ou le « druide en soutane »... Personne, dans le clergé, n'oserait le lui reprocher.

L'administration ecclésiastique n'invente nul prétexte pour l'engager à prendre sa retraite, même si sa longue présence à la cure de Sainte-Apolline-des-Champs contrecarre quelque peu, au temps des nominations, les décisions qu'aurait pu prendre le Conseil épiscopal.

L'abbé Pouélat, en 1988, exerce son ministère, comme il l'exerçait en 1944, à son arrivée dans la paroisse. Il consent à mettre du français dans son latin, comme d'autres mêlent un peu de vin à leur eau. D'ailleurs, tout pour lui, est une question de dosage. Mais celui qui s'avisera de lui en indiquer les proportions n'est pas encore né.

Ses journées sont immuablement programmées. Il est, à sept heures, à l'église, chaque jour que le Bon Dieu lui donne. Il s'y retrouve, le soir, une demi-heure avant l'angélus. Ses activités pastorales sont conditionnées par l'annuaire liturgique, de l'Avent à la Toussaint. Il ne saurait y déroger. Les anciens le savent, s'en accomodent ; les jeunes, de moins en moins nombreux à la messe, n'en tiennent aucun compte, malgré les rudes admonestations adressées aux mères de famille, qui se contentent de lever les bras, en silence.

Sainte-Apolline-des-Champs, en 1988, est une paroisse ni meilleure, ni pire que les autres. Elle essaie de vivre, ou de survivre...

1

L'abbé Richard se sent très à l'aise, au presbytère de Sainte-Apolline-des-Champs. Ses fonctions de vicaire général de l'archidiaconé d'Avranches l'amènent régulièrement à rendre visite aux curés réputés solitaires, dans sa circonscription. Ainsi, ne manque-t-il pas de les aller surprendre, au fin fond de leur campagne sans qu'ils aient, dans sa venue annoncée, à redouter quelque artifice : une démarche officielle, une pressante invitation à rejoindre une nouvelle paroisse.

Il arrive donc sans crier gare, avec l'unique intention de reprendre le cours d'une conversation interrompue, avec des confrères qui n'ont guère l'habitude de faire antichambre à l'évêché pour rappeler leur existence. Il est toujours et partout bien reçu par les servantes qui, les unes et les autres, n'entretiennent nulle crainte à son sujet. Bien au contraire : il sait les amadouer par d'innocentes plaisanteries qui n'ont d'autre but que de vanter leurs mérites.

L'abbé Pouélat, curé de Sainte-Apolline est heureux, heureux et fier d'accueillir son archidiacre, comme un ami accueille son ami. La servante, Angéline, intervient, aussitôt les salutations faites :

— Monsieur le vicaire général va bien accepter de manger en notre compagnie. Pas vrai, monsieur le curé ?

L'abbé Richard ne se fait pas trop prier, comme s'il avait prévu cette chaleureuse invitation :

— Je ne voudrais pas vous causer de souci. J'accepte, si tout se passe dans la simplicité...

— Vous connaissez les talents de la brave Angéline...

N'ayez nulle inquiétude, elle saura bien, comme l'on dit, nous « tirer la faim du corps »...

Et la bonne Angéline leur servira une omelette au jambon, comme on n'en façonne plus, de nos jours. Elle se confond pourtant en excuses :

— Que voulez-vous, mon pauvre Monsieur le Vicaire Général... Y'a plus rien, ici, plus de boulanger, pas de boucher ; il reste plus que la mère Renard, avec son café... et ses trois kilos de sucre... Pour combien de temps encore ? Dire que j'ai connu deux épiceries ; trois auberges... Sous peu, y'aura pus rien...

Le curé s'impatiente un peu :

— Angéline, ça ne sert à rien de gémir... Les temps sont changés. Il y a eu hier, et il y a aujourd'hui...

Et, se tournant vers l'abbé Richard, comme pour s'excuser :

« C'est du pareil au même, dans toutes nos campagnes. "La Croix" en parlait justement, il y a quelques jours. Ils emploient de grands mots, eux, de Paris, "la désertification des campagnes", comme ils disent...

— C'est évident, acquiesce, entre deux bouchées, le vicaire général.

Un silence, puis :

« Nos 600 paroisses (qui sont d'ailleurs des poussières de communes) vont pâtir de cet exode accéléré, et qui concorde avec la raréfaction des prêtres dans l'ensemble de nos diocèses. Cette année, on peut compter une quinzaine de morts, contre deux ordinations ! Avant même deux ans, tous les prêtres malades ou partant à la retraite ne pourront pas être remplacés.

L'abbé Pouélat approuve, secoue les épaules :

— Il faut que l'on tienne, jusqu'au bout, sans compter les années que nous portons.

Comme s'il redoutait une question embarrassante :

— Je suis peut-être resté trop longtemps dans cette paroisse ?

Il n'obtient nulle réponse, pas même un sourire indulgent : l'abbé Richard, qui mange de fort bon appétit, n'a rien voulu entendre. L'abbé Pouélat attend qu'on lui donne un satisfecit officiel le confortant dans cette situation d'inamovibilité où il s'est complu, durant plus de quarante ans, car le diocèse jase et le cite comme l'exemple à ne point imiter. Il dit, pour écarter un peu un sujet qui paraît l'incommoder :

— Vous vous rendez compte ? Depuis mon arrivée, la population a baissé de moitié...

Et l'on parle de la pluie, du beau temps, et des nouvelles que la « Semaine Religieuse » a diffusées, pendant la quinzaine, des dernières nominations qui suscitent toujours des commentaires. L'abbé Richard se montre discret. A peine se permet-il de souligner à nouveau l'inquiétante pénurie du clergé, son vieillissement. Est-il encore indispensable de maintenir le culte dans toutes les églises ?...

— Il faudra rassembler, précise le vicaire général... Rassembler, pour revivifier... Il faut penser aux jeunes générations...

— Les jeunes... les jeunes ? A partir de quatorze ans, ils quittent l'église sur la pointe des pieds... Dès qu'ils sont allés, deux fois, danser à la discothèque... Comme je vous le dis...

— Pourtant, ces jeunes, vous les connaissez, vous connaissez leurs familles, depuis plusieurs générations ? Alors, vous devriez trouver un remède à cette hémorragie...

Le curé baisse le nez, tourne sa cuiller dans sa tasse, d'un air coupable :

— Eh oui, je vois bien où vous voulez en venir... A l'heure où nos évêques nous demandent de savoir décamper tous les dix ans, pour être plus longtemps (comment dites-vous ? Oui...) opérationnels. Oui, c'est cela : opérationnels ! Je suis en état de péché mortel, en étant devenu, à 83 ans, un "prêtre habitué", responsable de deux paroisses minuscules, alors que mes jeunes confrères en ont tous des brassées...

— Monsieur le curé, vous avez fait ce que vous pouviez, à une époque qui n'était pas celle que nous vivons, aujourd'hui... Les temps ont changé, voilà tout...

— Oh, je ne regrette pas d'être arrivé au bout du chemin... Mais je me demande où nous allons... Que vont devenir nos paroisses... De moins en moins d'habitants... et de moins en moins de pratiquants... A quoi serviront nos églises ?

L'abbé Pouélat pousse un soupir de résignation, il hésite, puis :

— Je vais vous sembler bien pessimiste... Mais, je connais

bien l'histoire de Sainte-Apolline-des-Champs. Et j'y ai donc vécu longtemps (comme vous le savez trop bien). Je dois avouer que j'assiste à une sorte d'agonie, que ce soit au plan de la commune, comme au plan de la paroisse...

Le vicaire général semble très intéressé. Il attend.

— Tenez, il y encore vingt ou trente ans, il existait dans la paroisse deux personnages : le curé et l'instituteur... Et, entre nous, le curé faisait encore la pluie et le beau temps. Cela était mal vu de ne pas venir à la messe. On y allait peut-être à contre-cœur... mais on y allait. Une église pleine à Pâques où à la Toussaint. A présent, il faut bien du courage aux rares pratiquants pour paraître, chaque dimanche, dans l'église... Et la moyenne d'âge de ces gens-là est de combien ? 65 ans ? Et s'il n'y avait pas encore le café de la mère Lerenard, après l'office... Voulez-vous que je vous dise ? Je me fais l'effet d'un survivant... Je crois qu'ils attendent, comme à la télévision, que le film affiche le mot : FIN.

L'abbé Richard demeure impassible. Un moment, les deux hommes écoutent la vieille horloge rythmer les secondes.

« Et le plus grave, continue le curé, c'est qu'un autre, après moi, ne saurait inverser les choses, lutter contre la concurrence qui nous est faite : car c'est la sacro-sainte télévision qui est devenue la messagère de vérité, l'âme de nos paroisses. Ce qu'ils entendent à la télévision, c'est ce qui se fait et doit se faire pour être de son temps. Nous parlons, au sens propre, comme au figuré, dans le désert. Nos clochers ? Dieu sait s'ils sont nombreux, chez nous. Peut-être sept cents ? Eh bien, dans le paysage, le temps n'est pas loin où ils apparaîtront comme de simples bornes commémoratives : "Ici, jadis, existait la paroisse de X"... Oui, j'exagère à peine. Je ne serai plus là. Mais, vous, vous verrez... Vous verrez... »

Il pose la main sur le bras de l'abbé Richard, comme s'il voulait le tirer d'une rêverie et le ramener à sa réalité, à lui.

— Je vous parais pessimiste ? Je souhaite me tromper. Il faudra réévangéliser... si nous avons encore des prêtres... aller de porte à porte, comme le font, chez nous, les témoins de Jéhovah...

Le vicaire général n'est pas d'une nature à se laisser décourager :

— Monsieur le curé, il y a des relais, après toutes les périodes de crise. Au XVIe siècle, nos campagnes de l'Ouest n'étaient pas des chrétientés modèles. Beaucoup s'en fallait. Et il y a eu des missionnaires qui ont remis de l'ordre : saint Jean-Eudes, le Bienheureux Maunoir... et beaucoup d'autres...

— Pardonnez-moi, mais on ne peut pas comparer les deux époques. Les gens du XVIe siècle étaient ignorants, grossiers peut-être, mais instinctivement religieux. Quinze jours de mission, l'image de l'enfer brandie devant leurs yeux, et ils se retrouvaient par dizaines entassés près des confessionnaux. La différence est grande, avec leurs descendants de 1988, qui ne jurent que par la télé... S'ils se confessent régulièrement, c'est à leur médecin, pour enfin mourir seuls mais guéris, dans une chambre d'hôpital, et sans le secours des sacrements de l'Église... Non, je n'exagère pas...

L'abbé Richard ne conteste pas une telle argumentation, mais il se refuse à en tirer une conclusion funèbre.

— Je pense, monsieur le curé, que nous vivons une période de profonde mutation, qui demande de nouvelles formes de ministère, de présence, surtout. L'Esprit-Saint n'est-il pas toujours présent dans l'Église ? Si nos paroisses de campagne se... paganisent en se désertifiant, Dieu merci !, ailleurs, il y a des signes d'espérance. Vous comprenez ? Le mystère de la semence. Je dirais qu'il faut regarder du haut du clocher de votre église, non pas du portail, pour voir ces signes... J'en suis témoin, tous les jours, dans notre diocèse... Sainte-Apolline-des-Champs n'est pas le résumé du monde, même si elle n'est plus, comme nous disions, jadis, une « bonne » paroisse...

Le curé a pâli, comme s'il avait éprouvé un sentiment de vague culpabilité. Il secoue la tête, se décoiffe, ébourriffe un maigre toupet de cheveux, réajuste sa barette :

— Peut-être... Je suis resté trop longtemps au pied de mon clocher, à m'en rendre myope... Voilà tout !

Le vicaire général se veut bon sire :

— Allons, allons, ne faites pas de déprime, à votre âge...

— Rassurez-vous, reprend l'abbé Pouélat... Le plus long est fait... Le temps est proche où un autre fera plus ou mieux... en moins de temps.

2

L'abbé Pouélat est un homme d'ordre et de tradition. Aux quatre fêtes d'obligation de l'année, il établit la liste des paroissiens en mesure de recevoir la sainte communion. Deux semaines avant la fête, il enjoint aux habitués de la messe dominicale de lui divulguer les noms des malades ou des personnes âgées dans l'impossibilité de se déplacer. Cet appel n'a d'autre but que d'amener les familles hostiles à manifester leur refus de cette visite pastorale en alléguant les raisons habituelles. Le téléphone est un excellent moyen de communiquer, sans avoir à redouter un face à face avec le curé, et l'impact de questions embarrassantes. En définitive, ils sont peu nombreux à rester claustrés chez eux ou chez leurs enfants, les malades ou les infirmes.

La mère Gavard fait exception à la règle. A l'âge de 78 ans, la paralysie l'immobilise depuis plus de dix ans, chez son fils Alexandre. Le propriétaire de « la Cosnasdière » a jugé sage de ne pas mettre sa mère à l'hospice. Cela est mal vu et peut vous porter malheur et, tout compte fait, vous coûter cher, à l'heure d'aujourd'hui où les services de l'État vous obligent à payer de fortes sommes, en échange des soins donnés à « vos gens ». Rien n'est gratuit.

Alexandre Gavard a trouvé la solution : il a aux yeux de tous, le mérite « d'assister » sa mère ; il n'est pas perdant. Il l'a installée dans l'ancienne écurie désormais inutile, qu'il a décemment aménagée en une sorte de chambre d'hôte, comme l'ont fait tant d'autres pour recevoir les pensionnaires d'une nuit. Il y a disposé deux lits jumeaux. Et le vieux commis,

Auguste Levallois, qui n'a jamais quitté « la Cosnardière », même à la retraite, est ainsi devenu l'aide-soignant de la mère Gavard, pour subvenir à toutes les nécessités de la bonne femme, de jour comme de nuit. Elle l'a vu tout gamin ; elle lui a appris à traire, lorsqu'il avait à peine douze ans.

Le jeune valet couchait, jadis, près des chevaux et veillait sur les poulinières ; quarante ans plus tard, le vieil Alexandre, perclus de "rhumatisses", avec le même dévouement, entoure la mère Gavard et dort près d'elle, dans le second lit, afin qu'elle puisse le réveiller, en le poussant du bout de son bâton, comme elle le faisait, pour activer le cheval de carriole. Il se lève, sans protester, pour redresser le lourd et gémissant tas de chair qui ne cesse pourtant de l'apostropher. Dans la plus totale indifférence, il lui glisse le bassin, en regrettant sans doute le temps passé, car ses chevaux étaient moins exigeants. Que voulez-vous, on ne choisit pas ses maîtres. Cela, il le sait depuis le jour où la veuve Levallois, sa mère, l'a conduit chez Justin Gavard qui venait alors d'épouser Hortense Letellier, une forte gaillarde, peu avenante, mais qui abattait de l'ouvrage autant que deux journaliers. Un jour poussant l'autre, on vieillit, et puis on se trouve à la porte de l'hospice ou du cimetière, ce qui est du pareil au même.

A l'occasion de la fête de la Toussaint, l'abbé Pouélat, comme il l'a annoncé, est donc venu « apporter le Bon Dieu » à la mère Gavard, en soutane et surplis. Lorsque sa 2 Cv entre dans la cour, Alexandre Gavard, pour ne point avoir à faire de salut ou de génuflexion, file droit vers la maison. Il n'en sortira pas avant que ne redémarre la voiture. Il n'aime pas rencontrer le curé chez lui, quand celui-ci est « en service » ; pour lui, il n'en a point besoin. Comme « défunt son père », il n'est pas de ce bord-là. Pour la mère, dame, c'est une autre affaire : il lui faut bien, de temps en temps, « un brin de distraction ».

Le curé a toujours considéré Alexandre Gavard comme un garçon sans religion, qui n'a jamais fréquenté l'église, un homme sans principes, et mal commode, avec ça, capable de vendre son âme, si son « bien » est en jeu, qui n'a pas changé, depuis le catéchisme ; il vaut mieux feindre l'ignorer.

Il heurte la porte de l'ancienne écurie, qui est maintenant

vitrée. Un « ouais » retentissant lui répond. Il entre et va d'abord tout droit vers la petite table de chevet encombrée de flacons. Il y dépose la petite custode de l'Eucharistie. Puis il s'assied sur l'unique chaise, au pied du large lit où gît, adossée à trois oreillers, Hortense Gavard, immense dans sa chemise de toile bise. Son menton disparaît et se confond avec les replis graisseux qui descendent des joues jusqu'au buste. De longs poils gris parsèment son visage. Ses cheveux hirsutes, deux buissons de sourcils, achèvent de lui donner un aspect peu avenant. Elle empoigne sa canne de frêne, qui fut coupée dans la haie de son clos. Elle en frappe, rageuse, le côté de son lit, la lève vers le plafond, comme si elle voulait corriger quelque invisible ennemi : le mauvais sort, sans doute, qui l'a ainsi foudroyée.

— Me v'la core, moussieu l'curé ! Et dans l'même état ! Qui s'est-il donc qui voudra bien m'donner un coup de houe, pour que ça soye fini, une fois pour toutes !

— Allons donc !

— C'est tout comme j'vous l'dis ! Faut savoir c'que j'endure ! ça fera dix ans, le dix huit du mois d'août, que j'suis, pour ainsi dire, « accouvée » dans mon lit. J'vole le pain que j'mange ! C'est bien vrai !

Elle brandit son bâton, dans un geste de suprême menace, le laisse retomber près d'elle, et se contente de pousser de petits gémissements. Elle demeure, la tête penchée sur la poitrine. Elle a honte de son état.

Le curé sait bien qu'il lui suffit d'attendre quelques instants, de se taire, et de prier en silence.

Elle se redresse, et le regard braqué vers la porte :

« Mais, ça n'est pas pour dire : j'en ai abattu de l'ouvrage ! Pensez ! La guerre ! Toute seule avec un gamin comme commis, j'ai maintenu la "faisance valoir" de cent vergées. Je bottelais comme un homme, dès quatre heures du matin, mes douze cents bottes. J'ai vu, l'été, m'en aller traire à dix heures du soir, comme de juste. Fallait bien, pardi : mon homme était prisonnier en Allemagne. Même qu'i n'en est jamais rentré... »

Elle reprend le vieux refrain que la visite du curé, quatre fois l'an, lui donne l'occasion de dévider. Il laisse percevoir quelques signes d'impatience :

— Je sais, ma pauvre Hortense... Je sais... Vous êtes usée jusqu'à la corde...

Il rit :

« Je m'en souviens très bien. Vous n'aviez même pas le temps de remplir vos devoirs religieux... Et vous voyez le résultat !

— P't'être bien, mais j'ai réussi à rajouter vingt vergées à la terre de mes « gens » ! Je les ai bien gagnées ! Dame, je n' fatiguais pas ! L'été, j'étais au travail à trois heures du matin ! Quatre à cinq heures au lit, ça me suffisait !

— A présent, dit l'abbé Pouélat, vous vous rattrapez. Pas vrai ?

— Comme vous dites, mais un brin de trop ! J'étais heureuse qu'à travailler. Ça ne me coûtait pas ! Faut dire une chose : à dix-huit ans, j'conduisais la charrue, toute seule, avec trois chevaux ! ça me plaisait ! J'ai continué, voilà tout. J'vas vous dire, je n'vois pas pour quelle raison, puisque la terre vaut sou, à présent, et que les jeunes qui en ont des vergées et des vergées, ne savent même plus la tenir proprement. Mon p'tit-fils ne veut pas entendre parler de culture... Même mon gars trouvera même pas un bon fermier pour louer sa terre... avant dix ans !

— Dans dix ans ? répète le curé, d'un air songeur et résigné. Mais ça n'est pas tout ça, Hortense, je n'suis pas venu pour parler de la pluie et du beau temps... Faudrait p't'être bien vous confesser ?

— Si ça vous fait plaisir... Je n'vois personne, à qui faire du mal... Mis à part mon abruti d'Auguste...

3

Après avoir commencé un bout de causette, parlé pluie et beau temps, avec Angéline, dans la cour du presbytère, Jérémie, le sacristain, qui est un familier des lieux, aborde le curé. Celui-ci a déployé devant lui le journal que vient de lui remettre le facteur. Il dit sans lever la tête :

— Entrez, Jérémie, prenez la peine de vous asseoir !

Et il demeure penché sur les deux feuilles largement étalées, qu'il parcourt en s'arrêtant sur les titres.

« Et pour vous, quoi de neuf ? »

Jérémie établit un rapide inventaire des nouvelles qu'il a glanées et commentées tout au long de la semaine avec la mère Lerenard, en sirotant une tasse de café.

Depuis plus de quarante-cinq ans, il assume les fonctions de sacristain, à Sainte-Apolline-des-Champs, où il est né, voilà soixante-quinze ans. Il est allé à « sa » journée, de ferme en ferme, six jours sur sept, jusqu'à l'âge officiel de la retraite, si ce n'est les cinq ans de guerre, dont quatre de captivité en Allemagne. De retour au pays, il s'est marié. Sa femme est morte en 1970, sans lui laisser d'enfant. Il est sans famille, mais non sans attaches : il a « son » église et « son » curé, auxquels il voue une même dévotion.

Depuis longtemps, il note dans sa tête, les principaux événements paroissiaux : par exemple, la venue de « Monseigneur », en 1970, à l'occasion de la bénédiction du calvaire, qui lui a valu de recevoir la médaille de Notre-Dame ; à dix ans de distance, il se souvient de la date des enterrements et des mariages « qu'il a faits », comme il dit. Chaque dimanche, chaque fête liturgique, il est sans doute l'unique chantre de l'arrondissement à revêtir encore la soutane et le surplis, et la chappe, pour entonner le chant, d'une voix cassée et un peu fausse, juché sur son haut tabouret qui est l'attribut de sa fonction.

L'abbé Pouélat lui a souvent répété : « Mon pauvre Jérémie, nous sommes sans doute les derniers à porter la soutane, et nous disparaîtrons ensemble, moi, comme dernier curé de Sainte-Apolline-des-Champs, vous en tant que chantre officiel ».

Mais nul n'est parfait, en ce bas monde. Jérémie a un petit défaut qui ne s'est pas atténué, avec l'âge ; bien au contraire : il est presque aussi assidu au café qu'à l'église, les deux édifices étant, hélas ! trop proches (il suffit de traverser le cimetière, pour se retrouver, en moins de quatre-vingts pas, au bistrot). Et, la solitude aidant, on saisit la difficulté qu'il éprouve à choisir l'un ou l'autre.

Le visage qu'il présente est assez éloquent et témoigne de cette assiduité chez la mère Lerenard, des bonnes occasions aussi qu'il sait trouver chez l'habitant : « Jérémie, viens-t-en donc prendre une tasse ! » Et Jérémie ne reste jamais longtemps dans l'expectative. Comment pourrait-il refuser de si aimables invitations ? Chaque fois, il esquisse un léger mouvement d'épaules ; il renifle en se frottant le nez ; un nez qui ressemble à une fraise bien mûre ! Et il se retrouve devant la ronde bouteille de calvados. A ce train-là, certains soirs, il lui est arrivé de revenir, poussant devant lui son vélo, en chantant irrévérencieusement les versets du *Requiem*. Les jours suivants, entre deux angélus, il s'est terré chez lui, en se jurant qu'on ne le reprendra plus.

Il s'est donc assis, un coude sur la table, fier qu'on l'écoute. Il parle, explique, rapporte les nouvelles qu'il croit dignes d'être notifiées, mais, en rusé renard, se garde bien de médire sur qui que ce soit, afin que ses propos ne soient pas rapportés aux coupables. Trop de bonnes gens, dans la paroisse, lui manifestent, sinon de l'amitié, une joyeuse déférence. Prudence oblige.

— Mais c'est pas tout ça, monsieur l'curé, je m'en venais

pour savoir s'i faut sonner core, cette année, le soir de la Toussaint ?

— Je ne vois pas pourquoi on changerait, répond le curé, sans lever les yeux.

Il achève la lecture d'un article, sans se préoccuper de la présence de Jérémie.

— Je m'demandais s'i fallait... Vu qu'on est quasiment les derniers à sonner pour les Trépassés, et à vingt kilomètres à la ronde.

L'abbé Pouélat replie le journal :

— Nous sommes les derniers, en bien des points... peut-être, d'ailleurs, parce que nous serons les premiers à partir.

Il rit :

« Vous sonnerez, jusqu'à dix heures du soir, à leur heure officielle. Nous serons les seuls à le faire ? Raison de plus pour être fidèle ; cela les aidera, malgré eux, à se souvenir de leurs morts... Ainsi, jusqu'à dix heures du soir, ils seront obligés d'avoir une pensée pour eux. Mon brave Jérémie, nous n'aurons pas cette chance, nous...

— Dame, c'est bien vrai ça, Monsieur l'curé ! Je disais, l'autre jour, à je n'sais plus qui : Y'aura même plus personne pour sonner mon enterrement !...

Angéline stationne devant le petit placard, à droite de la cheminée, où se trouve la cruche à café... Faux espoir : elle quitte à nouveau la pièce, et le curé évoque le passé :

— Vous vous rappelez, aussitôt après la guerre, lorsque vous êtes revenu de captivité, les processions du Saint-Sacrement avec, autour du dais, les anciens prisonniers. L'église était pratiquement remplie... Et à présent ?...

— Faut vous dire aussi, monsieur l'curé, que, depuis ce temps-là, la commune a perdu la moitié de ses habitants. Et vous verrez ; il est question de faire un recensement... R'gardez : y'a plus de jeunes à rester chez nous. Pas un cultivateur de moins de quarante ans ! C'est Eugène, notre secrétaire qui me disait ça, y'a pas plus de deux jours...

Après force mimique notifiant qu'il va prendre congé, Jérémie se lève, mais sans nulle précipitation, en homme qui a tout son temps. Mains dans les poches, il reste planté, debout. Et le miracle a lieu : la servante est près de l'âtre.

— Angéline, dit le curé, mettez-nous donc une tasse de café, bien chaude. Ce ne sera pas un luxe, par ce temps humide.

Le sacristain se rassied, sans se faire prier, en se frottant doucettement les mains, avec un air de discrète béatitude : il va goûter cette suprême faveur : prendre une tasse de café, au presbytère ! Et la bouteille de « goutte » est placée sur la table. C'est l'abbé Pouélat, lui-même, qui lui verse une maigre rasade.

Et c'est le cœur en fête qu'il part vers la sacristie préparer les ornements liturgiques, pour la fête du lendemain, la Toussaint, une fête de première classe, qui demande le drap d'or, pour le célébrant... comme pour le chantre.

4

Alexandre Gavard, le fils d'Hortense la paralytique, de « la Cosnardière », est venu au presbytère, le matin, dans la semaine, juste après la messe du curé, afin de le rencontrer à une heure où on ne risque pas de se trouver nez à nez avec quelque indiscret qui aurait tôt fait de raconter des histoires. Alexandre n'a guère l'habitude de fréquenter l'église. Il a garé sa bétaillère près du mur du cimetière, à cent mètres des barrières blanches surmontées d'une croix, de ce manoir d'une autre époque, et qui fait la gloire de la commune.

Il se glisse dans la cour, referme prestement la barrière. Derrière la haute haie de laurier palme, il est maintenant en sécurité. Il tire le cordon de la sonnette, jette des regards obliques. La clochette, dans toute la maison, a fait un vacarme qui l'inquiète. L'abbé Pouélat le reçoit, sans parvenir à réprimer son étonnement :

— C'est toi, Alexandre ! c'est-il qu'il y aurait quelque chose de travers, chez toi ? Ta mère ? Je l'ai vue, il n'y a pas une semaine...

— Y'a pas de changement, pour elle. Et ça pourrait core durer. L'docteur dit que ça peut aller jusqu'à vitam aeternam ! Ça n'est pas une vie ! Je n'vous cache pas qu'é serait mieux en terre qu'en meuble. Mais dame, c'est comme ça, et pas autrement...

Et sa casquette balaie l'air, en un geste d'extrême impatience. C'est un petit homme maigre, presque malingre. Malgré d'épais sourcils noirs, ses yeux clignotent, à la lumière. Il n'est pas fier de se retrouver dans l'immense cuisine où il venait, jadis, réciter son catéchisme à Angéline, la servante. La présence de celle-ci, pour lui, n'a rien d'engageant. Et, pour conclure sur un sujet de conversation qui ne présente aucun intérêt pour lui, il répète, d'un air sombre :

« C'est comme ça... »

— Entre par ici, dit le curé qui a flairé une affaire importante.

Il l'entraîne de l'autre côté, dans la pièce qui lui sert de bureau, et, dans les jours festifs, de salle à manger pour les curés du canton.

« Alors, venons-en, mon gars, à ce qui t'amène »...

Alexandre est un brin dans l'embarras :

— Pour tout vous dire, c'est que j'voudrais que vous me fassiez une messe, une messe comme il faut...

— Rien de plus facile ; je te félicite de penser à tes morts. Il n'est jamais trop tard de bien faire...

— C'est que... C'est comme qui dirait : une messe spéciale... Ouais... Une messe pour mes cochons qui sont malades... Quarante-sept ! Pensez ! Faudrait aussi me bénir tout ça...

Il extirpe de sa poche une poignée de médailles à bon marché :

« Vous voyez, c'est des médailles à Saint-Antoine. C'est lui, à ce qu'i paraît, qui peut me tirer d'affaire... Avec vous, comme de bien entendu... Pour ça, faut qu'é soient bénites... C'est votre métier... Et, soit dit entre nous, je ne regarde pas à payer c'qu'i faut, bien sûr !

L'abbé Pouélat sourit, malicieux, hoche la tête. Il dit, comme s'il se parlait à lui-même :

— Une médaille par cochon, pardi ? Et dire qu'il faut arriver en 1988, pour voir une chose pareille en pays civilisé ! Un gars comme toi, qui ne croit, à t'entendre dire, ni à Dieu ni à diable, et qui s'en vient trouver son curé, pour que ses cochons se portent bien... C'est ça ?

Un silence, puis il continue :

« Mais pourquoi n'es-tu pas allé demander l'assistance du fameux désenquéraudeur de Villedieu ?

L'autre prend un air de chien battu, pour avouer :

— Ben... C'est qu'il est déjà venu chez moi... Avec son

espèce de breloque qui tourne au bout d'une ficelle... C'est lui qui m'a dit : « Faudrait, malgré tout, que le curé bénisse tous les bâtiments où est le mal, et qu'i récite des prières, pour le tirer de chez toi... Moi j'ai fait mon travail ; je n'peux plus rien. Et même, faudra p't'être bien aller trouver le curé qu'est nommé par l'évêque... « l'exorciseur ». Mais ça s'ra la dernière limite... C'qui faut d'abord, c'est de l'eau bénite et du sel bénit...

— Bien sûr ! Tes cochons, à c'que je vois, ont, comme qui dirait, le diable au corps... Et maintenant, va falloir faire une procession jusque chez toi ? Pas vrai ?

Alexandre Gavard faiblit, et sa voix de fausset tremble un peu. Mais il ne veut pas en démordre : il lui faut son sel et son eau... avec une bénédiction qui évadera le mal et le mauvais sort qui l'accablent...

— Mais, monsieur le curé, comprenez-moi bien : j'suis prêt à donner à Saint-Antoine... c'qui faudra...

— Ah, mon pauvre Alexandre... Tu as dû en dépenser des cents et des mille ? Hein ? Entre nous ?

— Pour sûr... Et plus que vous ne pensez !

— Combien ?

Alexandre baisse la tête, avant de préciser :

— Trois cent mille... Pas un sou de moins... En anciens francs... comme de juste...

— C'est une saignée, ça, au moins ! Je garantis que ça t'a soulagé ?

— Guère... faut dire ce qui est... Mais j'suis sûr et certain, avec les médailles bénites... une par bête, dans tous les coins de l'étable, que ça irait mieux... Ça n'est d'aucun dérangement, pour vous ! Comprenez-moi bien ! C'est un service que je vous demande... Vous pouvez pas me refuser...

— Tu te trompes : il y a de mauvais services que je refuse... Crois bien...

Alexandre hésite, un court instant, puis :

— Écoutez... Je vais pas à la messe... C'est une affaire entendue. Mais je fais de mal à personne... J'en dirais pas autant de bien de ceux qui sont coulés dans votre église, le dimanche...

— Je connais parfaitement le refrain. Ceci dit, commence par soigner tes cochons. Demande le vétérinaire, puisque le bon

Dieu, quoi que tu en penses, a donné aux hommes l'intelligence pour pouvoir se tirer d'affaire eux-mêmes, tout au moins dans la plupart des cas... Dame, faut payer ; rien n'est gratuit, en ce bas monde.

Alexandre ne veut plus rien entendre. Il hausse les épaules, secoue la tête, en désespoir de cause :

— Mais, le vétérinaire, il veut plus venir... I n'y comprend plus rien ; il m'a dit : « C'est mystérieux »... Et tout ça, après lui avoir donné des poignées d'argent...

Il prend un ton geignard :

« Non, je n'vous demande pas l'paradis ! Une simple bénédiction ! Ca n'vous coûte rien, pardi ! »

— C'est bien ça : quand tout va bien, le bon Dieu, les saints... chacun chez soi, on n'en a pas besoin ! Mais si quelque chose va de travers, ce sont tous les saints du paradis qui sont mis à contribution... et le bon Dieu en plus. Faut bien qu'ils servent à quelque chose. Pas vrai ?

L'autre s'énerve, s'agite, jette des regards désespérés. Il est à court d'arguments capables de convaincre du bien-fondé de sa cause :

— Je n'peux pas vous obliger. Mais tout de même, je n'm'attendez pas à c'que vous me refusiez un service aussi facile à rendre... Après tout, c'est votre métier !

Et l'abbé Pouélat, tout sourire :

— Vous êtes bien tous pareils... Tu te rappelles, au débarquement des américains, en 44 ? Sous les mitraillages et les obus, dame, y'en avait des bons chrétiens et des gens qui priaient le bon Dieu... Et à haute voix ! J'en connais qui voulaient, pour sauver leur vie, promettaient d'aller à Lisieux... à pied, s'ils s'en sortaient ! Oui, la sainte frousse ! Quand tout a été passé, on a oublié la route de Lisieux et celle de l'église. Dame, quand tout va bien : le bon Dieu, le diable et les saints, on n'en a pas besoin.

Alexandre Gavard s'apprête à décamper, au comble d'une fureur rentrée. Le curé l'accroche par la manche, et l'oblige à s'asseoir :

— Mais je ne suis pas un mauvais diable, malgré tout... Et je comprends bien, tout de même, que tes cochons, c'est ton pain quotidien... que tu demandes chaque matin, au bon Dieu. N'est-ce pas ?

Le paroissien esquisse un timide geste d'assentiment. Un silence.

« Et je vais te célébrer une messe pour... les biens de la terre. Mais, pour que la prière soit entendue, tu y assisteras !

— Pour sûr, monsieur l'curé ! Seulement, dites pas au prône, que c'est pour moi... Vous savez c'que c'est : pourrait y'avoir des jaloux !

Le curé consulte son agenda :

— Ce sera pour... La grand'messe de dimanche en quinze.

Alexandre Gavard éprouve un immense soulagement ; il aura sa messe ; il a le sourire. Il en oublie de réclamer de l'eau bénite. Une fois dehors, il s'en souviendra. En regagnant sa voiture, prudemment garée au ras du mur du cimetière, il lui vient une idée. Il inspecte les alentours, du côté du café de la mère Lerenard. Personne parmi les tombes ou dans la rue ! Il entre dans l'église, par la petite « porte des hommes », sur la pointe des pieds. Il en oublie de retirer sa casquette, et reste figé près du bénitier, dans l'expectative. Il a eu la prudence d'apporter une petite fiole dans sa poche. Une chance ! Et Jérémie, en bon sacristain, la veille, a fait le plein d'eau bénite. En un tour de main, la bouteille est remplie. Il lui suffira, de retour chez lui, de vider le précieux liquide dans vingt litres d'eau tirée au puits... de recommencer l'opération, autant de fois que cela sera nécessaire.

Il file prestement, après avoir (on ne sait jamais) esquissé un vague signe de croix « porte-bonheur ». Il a hâte d'être rentré à « la Cosnardière », afin de pratiquer, au plus vite, sa propre liturgie. Une messe, de l'eau bénite de l'église, répandue dans tous les coins de la ferme, « en veux-tu ? en voilà ! », de l'eau bénite qu'il aura, pour longtemps, tout à sa commodité : il n'en faudra pas plus, pour chasser un mauvais sort. Quant à celui qui lui a fait ce cadeau, il en sera pour ses frais. Reste à tenter de lui renvoyer le mal. C'est une question de temps et de savoir-faire.

Le soir, à la tombée de la nuit, en cachette de sa femme, il arrose le bas des murs de la porcherie. Il cache sous chaque auge une des médailles de Saint-Antoine, qui a macéré, tout l'après-midi, dans l'eau bénite reconstituée.

Lorsqu'il a terminé, il se sent l'âme légère, comme libéré d'une terrible crainte. Il a utilisé les grands moyens, les seuls efficaces, et, de son côté, le curé a bien promis de « faire son travail ». Il y a donc lieu d'espérer des jours meilleurs.

Le deuxième dimanche qui suit, les pratiquants habituels se poussent du coude, dans les stalles du chœur, les femmes chuchotent, dans la nef, en apercevant Alexandre qui se blottit dans le dernier banc de la chapelle aux hommes, et qui baisse le nez. Après la messe, il se garde bien de rejoindre les autres chez la mère Lerenard. Il a souffert sang et eau. La corvée est maintenant terminée, et pour un bon bout de temps.

A présent, en bon normand, « donnant donnant », avec Saint-Antoine... A présent, ayant payé sa messe, il ne doit plus rien à personne, ni au bon Dieu, ni à ses saints.

5

Monsieur de La Vaissière est revenu dans son château, pour y vivre sa retraite. Il a servi, depuis 1950, sur tous les terrains d'opérations, où il a réussi à s'illustrer. L'Indochine lui a valu, tôt, les galons de capitaine, l'Algérie, ceux de commandant, plusieurs missions spéciales, le grade de colonel. Trois ans avant son départ de l'armée, les étoiles sont venues couronner sa carrière militaire... Et, général, il est de retour au pays, depuis un an, pour la plus grande gloire des habitants de Sainte-Apolline-des-Champs, qui se vantent d'être les seuls, à plusieurs lieues à la ronde, à posséder un général.

A part de rares éclipses, il réside en permanence au château. Ses compatriotes, lorsqu'ils parlent de lui aux gens venus d'ailleurs, disent « notre général ». Il est né à Sainte-Apolline-des-Champs, il y a soixante-dix ans. Il veut y demeurer, désormais, avec sa femme et une vieille servante, à la manière de ses parents et grands-parents, avec la satisfaction d'y être reconnu.

Il s'est promis de se refaire une âme villageoise, conscient des devoirs et des responsabilités attachés à son nom. Il a éprouvé, dit-on, un certain dépit à ne plus retrouver le monde rural de son enfance, un monde attaché à des traditions séculaires où chaque classe avait encore sa place nettement définie et hiérarchisée, même s'il ne veut pas évoquer le mot de « privilèges ». Peut-être ressent-il quelque nostalgie du temps de l'avant-guerre, où ses vieux fermiers lui parlaient, chapeau bas, et à la troisième personne. Mais on ne peut faire remonter le fleuve vers sa source ; il faut savoir s'adapter ou mourir, accepter les mœurs de l'époque, et, maintenant, pour lui, tirer profit des années de la retraite. Inutile de gémir sur ce qui fut : il s'est décidé, une fois pour toutes, de retour à Sainte-Apolline-des-Champs, à mettre ces années qu'il lui reste à vivre au service de sa commune. Il est prêt, comme il le dit et l'a toujours fait, à répondre : présent !

Mais il n'a pas eu encore l'occasion de découvrir ses projets aux gens du pays. Ses nobles intentions trouveront-elles audience près de ses compatriotes ? Il a la dangereuse naïveté des âmes droites et sans calcul.

Déjà, les Anciens Combattants de la commune lui ont demandé, avec succès, de présider leur association. Il inaugurera ses nouvelles fonctions, le 11 novembre prochain. Il en éprouve une certaine fierté. Il a invité, à ses frais, la dizaine de camarades chez la mère Lerenard, pour participer au banquet annuel...

Ce 11 novembre 1988, il est donc apparu sur la place de l'Église, avec un plastron de six médailles, dont celle d'officier de la Légion d'honneur, et portant le béret vert des commandos, qui est celui de Dien Bien Phu. Georges Mansart, le garde champêtre, avec son képi, en est tout intimidé. C'est la première fois, dans l'histoire, à Sainte-Apolline, qu'un authentique général précède le petit groupe d'Anciens Combattants de 39-45 et d'Algérie. Ils se sentent comme galvanisés, et bombent le torse, à sa suite, en entrant dans l'église, sous le regard des femmes qui en ont le souffle coupé. Le curé qui l'a accueilli au portail l'a prié d'occuper la stalle curiale ; au cours de la messe, il ne manquera pas de signaler la présence de « celui qui est la fierté et l'honneur de la paroisse ».

A la sortie de la messe, les paroissiens ont tout le loisir d'admirer le petit homme et son allure martiale. Il lui revient de lire le message du secrétaire d'État aux Anciens Combattants. Juché sur la marche du monument, il harangue lui-même la quarantaine de personnes dispersées parmi les croix du cimetière ; il exalte les vertus patriotiques françaises :

« Chers compagnons »...

« Dans quelques instants, nous allons évoquer les noms de ceux qui nous ont précédés sur les champs de bataille, et qui ont consenti le sacrifice de leur vie, à la fleur de leur jeunesse.

En quelque sorte, ils nous ont montré le chemin du devoir. Leur souvenir, à ce titre, doit demeurer présent à notre mémoire ; et nous leur serons fidèles, dans la mesure où nous saurons, à présent, jeunes et moins jeunes, continuer un combat, un combat pacifique, cette fois, c'est-à-dire forger une paix durable, dans la justice et le souci du bien commun. Grâce à Dieu, nous n'avons pas à défendre nos frontières. Désormais, après avoir défendu, comme eux, notre pays, c'est dans notre petite patrie, dans notre commune qui est l'une des cellules indispensables de notre nation, qu'il nous faut travailler, spécialement au sein de nos conseils municipaux et de nos organisations locales, et pour le plus grand bien de tous. C'est alors que nous serons dignes de ceux qui ont offert leur vie, au cours de ces deux dernières guerres.

« Chers compagnons, mesdames, messieurs, ne l'oublions jamais ! »

Il proclame les noms des trente-quatre soldats « morts pour la France ».

Une minute de silence, et tout aussitôt, un enregistrement nasille *la Marseillaise*, dans le haut-parleur accroché à la barrière du cimetière. Le général se fige dans un impeccable salut avec le garde champêtre. Tous les autres se mettent, d'instinct, au garde-à-vous. Anselme Lenoir, le maire, appuyé sur ses deux cannes, pleure d'émotion.

Quelques instants plus tard, en montant la côte vers la mairie, il félicite le général qui « a fait une si gentille cérémonie ». Au vin d'honneur, il réitère de larmoyants compliments : « C'est bien de l'honneur pour les habitants de notre petite commune d'avoir, à présent, comme pour ainsi dire, une personne de si grande importance ». Ils applaudissent, sans réserve, ces fortes paroles qui ont l'avantage de ne point engager l'avenir.

Le conseil municipal, au complet, participe au banquet des Anciens Combattants. La mère Lerenard s'est surpassée. Il y a les trois plats indispensables à tout repas normand digne de ce nom : trois plats de viande : un plat de charcuterie, du poulet à la crème, du gigot, et autant que chacun peut en boire, trois sortes de vins... Sans oublier, après le poulet à la crème, le petit verre de calvados... Et, au bout du compte, un banquet complètement gratuit, à la seule charge du nouveau président. Tous, entre deux rasades, se félicitent d'un tel avantage.

Lorsqu'on en est au café, le maire fait signe à la patronne qui apporte la vénérable bouteille de calvados, qu'il a lui-même offerte : « du plus de cinquante ans ! » Dans l'allégresse de l'après-repas, le général se lève, attend que s'établisse le silence. Il se recueille, un instant. Avec son crâne rasé, ses médailles aux rubans multicolores, il a grand air ; il en impose à tous ces paysans qui ne sont pas sans briguer eux-mêmes quelque décoration à leur mesure, qui la médaille du Mérite agricole, qui celle du Mérite communal, qu'elles soient d'argent ou de vermeil.

Ils ont mangé et bu tout leur saoul... à la santé du général, et sans débourser un centime ! Une véritable aubaine que ce châtelain ! L'œil reconnaissant et curieux à la fois, ils attendent, les coudes bien calés sur la table, le second discours de la journée. Enfin :

« Monsieur le maire, chers compagnons »...

Le président étend les bras au-dessus de la table, comme pour rassurer l'assemblée, d'un geste noble et protecteur. Un silence calculé et :

« Je veux dire ma joie de me retrouver parmi vous, de redevenir l'un des vôtres, comme le furent tous les miens, vous le savez, et qui reposent dans notre cimetière. Dois-je vous rappeler que mon vénéré père, dont le nom est inscrit sur le monument, fut, jusqu'à sa mort au champ d'honneur, le maire de cette commune, et, je le précise, le plus jeune maire du département. Vos familles lui avaient donné leur confiance, comme elles l'avaient fait au long des siècles, à notre famille. Après avoir servi, à la tête de cette commune, il a fait, jusqu'au bout, son devoir, en tant qu'officier. Son exemple est pour moi un enseignement. J'ai, de mon mieux, fait mon devoir, en tant que soldat ; je veux continuer à le remplir parmi vous. Je suis, je resterai, messieurs, à votre service. Vive Sainte-Apolline-des-Champs, vive la France ! »

Ils applaudissent, mollement. Ils cherchent à comprendre où veut en venir leur châtelain. Le maire, pour se montrer à la hauteur de sa fonction se dresse, avec grande difficulté, pour lui serrer la main. Il ne compte plus se présenter aux élections municipales ; et, pour lui, le général est vraiment l'homme qu'il faut, pour présider aux destinées de la commune.

Ils se regardent, les uns les autres, d'un air subitement morne, soupçonneux. Il y a des chuchotements, surtout parmi les membres du conseil municipal, qui se sentent directement concernés. Ils ont saisi, à présent, pourquoi le général a évoqué la mémoire de son père. Dame, oui !

L'ancien combattant d'Algérie, Bernard Levert, a prévu de ceindre l'écharpe, aux élections de 1989. Il croit, soudain, à une conspiration de la part d'Anselme Lenoir, qui a pu se laisser prendre aux belles paroles du châtelain.

Il possède la plus grande ferme de la commune : deux cents vergées, d'un seul tenant, avec de l'eau partout ! Selon les bonnes gens de Sainte-Apolline, il a « pris la pie sur le nid », en épousant une naïve et riche héritière du nord du département, qui lui a procuré une évidente considération. Car il a toujours su éblouir, par ses manières de parvenu. Il ne possédait pas le moindre arpent de terre, à vingt ans. La J.A.C., dans la gloire de l'après-guerre, l'a mis en valeur, et comme il était beau garçon, il a su tirer profit des rencontres du mouvement. Il a ébloui Juliette Porchemain, la timide militante. Les parents de celle-ci ont aussitôt accepté pour gendre un « si gentil et si édifiant jeune homme », puisque leur fille avait de la fortune pour deux.

A cinquante-cinq ans, il a depuis longtemps oublié ces détails qui ont été à l'origine de sa réussite. Dès son mariage, il a acheté comptant la ferme de « la Herbelière », qu'aucun habitant de Sainte-Apolline-des-Champs ne pouvait s'offrir. Il a aussitôt reconstruit la maison d'habitation, et les bâtiments d'exploitation. Mais nul n'est prophète en son pays : quelques mois, une année peut-être, on lui a montré grise mine. Puis les jaloux se sont résignés ; ils se sont fait une raison : ceux qui possèdent la fortune en imposeront toujours ; et on ne peut pas les affronter sans péril... En oubliant qu'il a été, jadis, « le gars à la pauvre mère Levert, qui allait à sa journée, six jours sur sept », ils l'ont élu conseiller municipal, pour, en fin de compte, se concilier ses bonnes grâces. N'a-t-il pas été le premier, dans la commune, à se servir d'une botteleuse ! Il est toujours profitable de vivre en excellents termes avec un tel voisin qui possède un matériel moderne, efficace... et que l'on peut utiliser soi-même, pourvu que l'on ait fait allégeance.

Les choses ont donc pris bonne tournure, pour ce favorisé du sort. Depuis les dernières élections, il est premier adjoint. Il ne lui reste qu'un échelon à gravir. Dans quelques mois, aura lieu le nouveau scrutin. Il le sait ; rien ne peut l'empêcher de parvenir au but qu'il s'est assigné depuis longtemps, pourvu que le maire actuel se désiste en sa faveur, et surtout, à présent, que le général de La Vaissière, « avec toutes ses manigances », ne figure pas sur la liste sortante.

Après ce deuxième discours du châtelain, il rit jaune ; il n'arbore plus cet air conquérant du propriétaire. Le rouge lui est monté aux joues. Il ne peut se défendre d'une sourde colère. Il voit ses deux ennemis du conseil : Alexandre Gavard et Julien Vaufre, qui l'observent en coin en déblatérant sans doute à son sujet. Ils se feront, bien sûr, les agents électoraux du général. Il réajuste sa cravate, d'un geste excédé, une cravate de soie, car il est toujours tiré à quatre épingles, et porte, dans les grandes occasions, des « costumes de sénateur », pour la plus grande fierté de sa femme qui n'a pas cessé de lui vouer une véritable dévotion.

Mais il aura une explication avec Anselme Lenoir qui semble s'être engagé vis-à-vis du châtelain. Il va falloir jouer serré, et sans bruit ni scandale. Mais il convaincra le maire. La promesse d'une décoration par le sénateur Marigot pourra faire pencher la balance du bon côté. Les médaillles font des miracles, quand elles sont données au bon moment ; elles sont, avant une démission, le lot de consolation pour tous ceux qui détiennent, ici-bas, une parcelle de pouvoir, et pour qu'ils acceptent de s'en dessaisir. Le tout est que l'on sache reconnaître officiellement leurs mérites.

Il glisse à son voisin, Jean Tilleul :

— Notr' général se voit déjà avec l'écharpe !

Mais il applaudit à tout rompre. Le général qui est demeuré debout paraît goûter la douceur d'avoir été bien entendu. Il n'en reste pas là. Il fait appeler la mère Lerenard : « L'intendance, clame-t-il, qui, nous le savons, peut faire gagner les guerres », pour la féliciter. Elle en devient cramoisie ; elle croit convenable de retirer son tablier de service, par respect du général. Et, celui-ci, grand seigneur, proclame :

— Mais, trêve de plaisanteries, apportez-nous le champagne !

L'assistance est déjà mûre ; ils frappent des mains sur la table : c'est une véritable acclamation. L'aubergiste a un instant d'émotion : le champagne n'était pas prévu ! Elle se souvient que trois bouteilles restent dans sa cave. L'élection du maire, six ans plut tôt, a été la dernière occasion de servir le champagne.

Les Anciens Combattants hochent la tête en signe de suprême gratitude : vraiment, monsieur de la Vaissière est bien l'homme de la situation, le meilleur président qui soit ! Il lève son verre ; on trinque à sa santé. Et pour mettre le comble à son triomphe, il claironne, quelque peu éméché :

— J'ai encore une bonne nouvelle à vous annoncer : pour célébrer mon retour parmi vous, j'inviterai, au mois de janvier prochain, ceux qui sont retraités, comme moi, ceux qu'on appelle « les cheveux blancs », chez madame Lerenard, bien entendu. Cette annonce tient lieu d'invitation, bien sûr, pour vous tous, et, d'une manière spéciale, pour le premier magistrat de la commune.

C'est une véritable ovation, parmi les convives. Ils se bousculent, de l'épaule, tout en battant des mains. Albert Rousset, en riant, confie à son voisin :

— Ben dame... Avec la pension qu'il a, peut bien... Ça lui coûte pas cher ! Y'en aura pour tout l'monde... Faut en profiter. Ça durera pas, crois-moi !

Et il redouble d'ardeur, applaudit, en criant, plusieurs fois, de façon à être suivi :

— Vive le général ! Vive le général !

6

Le lendemain, le général, en survêtement, pratique sa gymnastique matinale, au petit trot.

A dessein, il s'en vient vers la ferme des « Étangs », qui est la propriété du château. Jacques Demarre, le fermier, se dirigeait vers son tracteur. Monsieur de La Vaissière lui fait signe, arrive près de lui, souffle, continue à s'échauffer sur place, coudes collés à la poitrine :

— Ah, oui ! bonjour, Demarre ! Ça va ? Journée fraîche ? Hier... Très bien ! Je me sens vraiment revenu au pays... Il me semble même ne l'avoir jamais quitté...

— Ça c'est bien vrai...

Les parents et grands-parents Demarre, avant lui, ont été fermiers du château, et ne l'ont pas regretté, même s'ils ont dû assumer leur fonction de vassaux domestiques. Paulette Demarre est toujours disponible, les rares jours de réception, pour seconder la vieille servante, Germaine Jean, une fille du pays, qui n'a jamais quitté le domaine des « Étangs », depuis ses douze ans.

Jacques Demarre est toujours prêt à approuver. Il attend seulement la question qui va suivre :

— Demarre, voyez-vous... Je n'irai pas par quatre chemins... Vous l'avez bien compris : oui, j'envisage sérieusement de participer aux affaires municipales... Et, en cela, pour imiter mon père... Anselme Lenoir ne se représentera pas aux prochaines élections ?

— A c'qu'on dit, je n'pense pas... Mais y'a rien d'officiel. Faut être certain...

— Mais... Pour vous, Jacques, mon ami, qui connaissez ma famille. A votre avis... Ma candidature a-t-elle de quoi vous étonner... Ou plutôt, a-t-elle une chance d'être acceptée ? Vous comprenez que je ne puis connaître l'humiliation d'un échec... étant donné... enfin, vous comprenez ? Il y va, un peu, de l'honneur d'une famille, d'un officier...

L'autre est normand, c'est-à-dire prudent et avisé. Il est surtout l'ami inconditionnel de Bernard Levert. Il parait réfléchir, afin de donner plus de poids à sa réponse :

— Ben... Monsieur de La Vaissière... Votr'grand-père, votr'père n'ont-ils pas été élus, et sont-ils pas restés maires jusqu'à leur mort ?

— En effet, en effet, constate le général, avec délectation... D'ailleurs, depuis cent cinquante ans, il y a eu six maires de Sainte-Apolline-des-Champs, qui sont issus de ma famille...

— Vous voyez bien ! Faut pas vous en faire ! Et on vous connaît ! Et c'est pas pour dire : dans la commune, vous êtes quelqu'un. Pensez donc ! Un général !

— Je suis heureux d'avoir, de votre part, un avis qui me fortifie dans ma résolution. Vous-même, vous êtes conseiller municipal... Et vous serez réélu, je n'en doute pas...

Le futur candidat est jovial ; il frappe sur l'épaule du conseiller :

« Et je pense, mon cher Jacques, que vous me... manifesterez votre confiance...

— Oh, dame ! bien sûr, Monsieur de La Vaissière ! Manquerait plus que... Bien sûr !

Le général piaffe de joie ; il est tout sourire :

— Eh, bien, je vous souhaite une bonne journée...

Il salue militairement, bondit pour un cent mètres, afin de se bien prouver à lui-même qu'il est fin prêt pour reprendre du service...

Jacques Demarre a un sourire en coin. Il s'en est bien tiré : il a dit ce qu'il devait dire ; pas un mot de plus ! Il est maintenant fixé sur les intentions du château. Il lui reste à prévenir Bernard Levert qui n'est pas sans se douter de quelque chose, après le discours du général, au banquet. Il lui téléphone aussitôt la nouvelle officielle. Il n'y a pas de temps à perdre. En réponse, Bernard Levert le convoque pour le soir même, après la traîte, et la nuit tombée, « pour la soupe » : il est temps de voir venir.

Ils se retrouveront donc chez Bernard Levert, Jacques Demarre, Albert Rousset, Jean Tilleul et Marcel Pronier, tous gens dévoués à la cause du maître de « la Herbelière », dans le plus grand secret.

La ferme est la seule du hameau, près de la grand'route ; le plus proche voisin est à plus de cinq cents mètres.

Hier comme aujourd'hui, en Normandie, il faut prendre le temps de se mettre en train, et d'en arriver au vrai sujet. Ils mangent la soupe, dans la salle à manger meublée avec élégance, et afin que les débats se déroulent dans la plus grande discrétion. On discute paisiblement du cours des foires, des événements nationaux. La conversation languit. Lorsqu'il se fait un silence, on perçoit une petite voix : celle de Jean Tilleul :

— C'est pas tout ça... Faudrait p't'être bien qu'on parle du futur conseil ?

— Ça n'est pas difficile, à présent, de savoir qui c'est qui va se présenter, au mois de mars, dit Albert Rousset, en baissant le nez... Puisque Anselme veut plus de la mairie...

— Moi j'peux vous dire que mon propriétaire a bien compris, précise Jacques Demarre...

Bernard Levert se tait. C'est Marcel Pronier, fort avare de paroles à son habitude qui ose aborder le sujet essentiel :

— Moi... Je dis et je maintiens qu'il nous faut Bernard Levert, comme maire !

Cette déclaration solennelle ne semble pas plonger les autres dans l'étonnement. Ils se sont tournés seulement vers le candidat, en hochant le menton, en signe d'assentiment unanime.

« Oui... comme je l'dis », reprend Marcel Pronier qui est devenu cramoisi d'avoir eu ainsi le courage d'affirmer aussi crânement sa conviction. Il reçoit aussitôt sa récompense :

— Écoute, Marcel, t'es bien aimable... commence Bernard Levert qui, lui aussi, est rouge, mais de plaisir.

Puis :

« Ben... Ben, si c'est comme ça, reste à nous préparer comme il faut. Et puisque Anselme ne veut plus de la place du maire... Mais, dame, si le général compte se présenter en payant des banquets à toute la commune... Dans ces conditions-là, je ne sais pas si...

Un silence.

— T'en fais pas, Bernard, dit Jean Tilleul, en clignant de l'œil, d'un air entendu. Faut en profiter. Ça lui donnera rien de rien... Faut en profiter, pour qu'i croie, jusqu'au bout, qu'on veut qu'i soye maire...

— Toute la liste se présentera, comme de juste, et sauf Anselme Lenoir, dit Bernard Levert. Mais, dame, voilà, notre général va nous demander qu'on l'inscrive à sa place... Qui c'est qui pourrait lui refuser ? Si on accepte, ça serait comme si on disait aux gens : votez pour notre liste, c'est Monsieur de la Vaissière qui sera le maire, pour justement remplacer Anselme Lenoir... Ou tout comme... Non, faut tout faire, pour qu'i se présente tout seul...

Ils sont tous dans l'embarras : ils n'avaient pas prévu cette difficulté.

— Surtout, y'en aura plusieurs pour lui, dans la commune... et qui pourraient très bien faire pencher la balance de son côté, constate Albert Rousset. Non, faut surtout pas qui soye avec nous !

— Faut pas qu'i soye avec nous ! Que non ! répète Marcel Pronier...

— C'est bien beau tout ça, mais qui c'est-il qui va aller lui dire : « Monsieur de la Vaissière, on veut pas de vous » ? Comptez pas sur moi !

Jean Tilleul est un habile renard ; il est habitué, en affaires, à se débrouiller, pour parvenir à ses fins. Il a une idée :

— Faut pas attendre qu'i vienne nous demander... Faut aller le voir, le prendre au mot, mais en lui expliquant qu'i devra se présenter tout seul. Il aura, pour ainsi dire, une place en blanc, que les gens pourront remplir à leur guise... Faudra bien lui faire croire que c'est son nom qu'ils inscriront...

— Qui c'est-il qui s'en viendra au château lui faire la commission ? s'inquiète Bernard Levert. Dans mon cas, ça n'est guère possible.

Il regarde, un à un, chaque invité.

— Pas moi ! dit le timide Marcel Pronier qui se voit déjà

dans le salon des « Étangs », tel un braconnier de jadis pris en flagrant délit.

Un long silence.

— Moi, j'pensais, dit Jean Tilleul, que, y'en a qu'un... C'est toi Jacques...

Démarre se récrie :

— Moi ? Je l'vois, dix fois par jour ! J'suis son fermier ! Comment que j'lui dirais ça ?

Jean Tilleul n'en démord pas :

— Justement. Faut pas l'prendre en face. Faut pas y'aller en délégation. Mais pour toi Jacques, c'est autre chose. S'agit pas de lui faire peur... Mais un mot par-ci, un mot par-là, histoire de lui faire comprendre que pour passer, faut qu'il se présente tout seul, vu son état... Que c'est, comme qui dirait, une affaire d'honneur... ou j'sais t'y...

— Et, comme ça, ajoute Marcel Pronier, on lui aura pas refusé... Ça vaut p't'être mieux...

Il se frotte doucettement les mains ; car il n'aura pas lui-même à s'en mêler, à se mettre le général à dos ; et Bernard Levert sera bel et bien maire, et sans risques.

Bernard Levert respire :

— Pour ce qui est d'Anselme, je m'en arrange... On va arroser ça !

Juliette ! Apporte-nous donc une bouteille... De mousseux !

7

— Anselme, on n'est tout de même plus au Moyen Age !

— Je n'dis pas ! Je n'dis pas ! Mais, quand même... Avoir un général dans le conseil... et comme maire !...

Et Anselme Lenoir demeure perplexe, inquiet. Alors, Bernard Levert revient à la charge :

— Vous n'allez pas lui laisser la place ? Il connaît rien aux affaires de la commune. Ça fait cinquante ans qu'il est parti ! Et puis, ça n'est pas un cultivateur. Est-il seulement capable de reconnaître une bonne vache ? Certainement pas !

— Oui, je n'dis pas... Mais c'est un gars qu'a l' bras long... Tu l'vois dans les bureaux de la préfecture ? Ils n'oseront rien lui refuser, au général. C'que j'en dis... C'est pour la commune...

Bernard Levert s'impatiente, devant ce vieil âne, qui ne veut rien entendre, comme s'il était de mèche avec le général !

— Écoutez donc... Moi, je sais ce qui arrivera, si c'est lui qui est maire. Des impôts ! Parce que ce gars-là, qu'a de l'argent plein les poches, et qui le jette par les fenêtres. Quand il aura votr' signature, alors, vous verrez ça, les deniers de la commune... Comme j'vous l'disais : les impôts ! La folie des grandeurs, quoi !

Il croise les bras sur la table et prend un air buté :

« Et puis, comme je dis : y'a eu la Révolution... Le château ? Au jour d'aujourd'hui, on s'en fout ! général ou pas général ! »

Le ton est presque menaçant. Anselme Lenoir en est incommodé. Son argumentation faiblit. Il a un gros rire de bon vivant, comme s'il voulait faire oublier ses premières réticences :

— Tu sais, c'que j'en disais... Moi, après tout... Lui ou toi... Mais t'as plus de chance que lui d'être maire... Alors, ma foi...

Bernard Levert est rassuré ; il prend le temps de réfléchir :

— Écoutez, Anselme, je vais vous dire une chose... Vous avez été à la mairie, combien de temps ?

— Ça doit faire bellement vingt-six ans...

— C'est bien c'que j'pensais !

Un silence.

« Eh bien, j'peux vous dire que vous l'aurez, votre médaille départementale... Et vous serez nommé (officiellement) « maire honoraire » !

Le bonhomme est touché ! Le mérite départemental et communal ! Être nommé maire honoraire ! On ne peut pas refuser !

— Bernard ! vraiment ?... c'est trop d'honneur que tu veux me faire ! Tu sais bien que j'nai rien demandé !

Il a un instant de trouble :

« Oui, mais pour ça, faudrait avoir de la protection : le conseiller général, notr' député... Qui c'est-il qui demandera ? »

Et l'autre, en frappant la table, du plat des mains :

— Mais, c'est moi, pardi !

Il se reprend, pour dire, malicieux :

« Ou plutôt... ce sera le futur nouveau maire... et aussitôt après les élections ! Je vous le promets. Parole d'homme !

— Comme de juste, approuve Anselme, en inclinant la tête, comme s'il saluait déjà le premier magistrat de la commune. Mais, je dis et je maintiens, il faudra bien de la protection...

— Faites-moi confiance, Anselme. Je suis sûr et certain que le sénateur ne pourra pas refuser ça... si c'est moi qui lui demande... Aussi vrai que je m'appelle Bernard Levert !

— En tout cas, tout ça, c'est bien entre nous ! précise le vieil homme. Comme de bien entendu, je n'sais rien, pour la mairie... Toi non plus... de toutes nos... oui... de nos manigances. Je n'voudrais pas que notr' général se doute de quèque chose. C'est un gars qui pourrait nous faire des ennuis. Après les élections, quand tu seras maire, ça n'aura plus d'importance : ça s'ra fait, un point c'est tout. I's'ra d'la r'vue, c'est l'cas de l'dire ! Avant, pas un mot !

— C'est une affaire de faite.

Anselme Lenoir a une subite inquiétude :

— Mais... Le général va arriver chez moi, pour me demander : « Mettez-moi, donc, à votr'place, sur la liste sortante »... Alors, ma foi, pour lui dire : non, ça n'est pas facile. C'est qu'i croit déjà prendre l'écharpe !

— J'm'en arrangerai ; faites-moi confiance ! Dites-lui donc que rien ne sera décidé avant deux mois, pour la liste. Et que, vous, ben, dame, ça n'vous r'garde plus. Excusez-moi de vous dire ça : c'est pour vous éviter de la contrariété.

Mission accomplie, Bernard Levert se lève, refusant la tasse de café. Il a dans l'œil une lueur de triomphe : le père Lenoir en a trop dit, pour se dédire, maintenant.

Il se dirige vers la porte. Le bonhomme clopine à sa suite, tout tremblotant. Le futur maire se retourne, lui pose la main sur l'épaule.

— Bien entendu, y'aura une petite fête... pour votr' décoration... Et les journaux seront là ; c'est moi qui vous l'dis !

Les deux hommes traversent la cour, sans mot dire. Anselme a tenu à raccompagner son visiteur jusqu'à la barrière, sur ses deux cannes. Il est immense, son ventre jaillit au-dessus de son ceinturon. Il a le visage congestionné ; l'apoplexie le guette encore, après une attaque qui l'a cloué trois mois dans un fauteuil. Lorsque Bernard Levert lui serre la main, il pleure à chaudes larmes, de gratitude. Il marmotte :

— C'est bien toi qu'i nous faut comme maire ! C'est bien vrai !

Il virevolte sur ses bâtons et s'en revient vers la maison, penché, tout sanglotant.

8

— Avez-vous vu, hier au soir, à la télévision ?...

Julie Vallon en est encore toute chose. Les sorciers ! Les sorts ! Mais oui, ça existe ! La preuve, elle l'a vu et entendu, à la télévision, hier soir... Et puis, se ravisant :

« Si j'vous disais que ça ne m'a rien appris ! »

Marcel Pronier achève de « dîner ». La nouvelle ne semble pas d'abord l'émouvoir ; pas plus que sa femme, Albertine ; ils continuent à mâcher ; ils le savent, ils n'auront qu'à écouter son bavardage.

« Mais tout de même... Je n'pensais pas vraiment que ça soye aussi vrai »...

Elle s'assied à sa place habituelle, au bout du banc, près de la porte, la place du facteur, jadis, quand il avait le temps de boire un café arrosé.

Elle va prendre ses soixante-quinze ans. Elle est la cousine germaine de Marcel Pronier, sa voisine aussi. Après un séjour de trente ans à Paris, elle est revenue au pays, dans la maison où elle est née. Elle est outrageusement maquillée ; ses joues maigres sont couleur vermillon. Bien des histoires ont circulé sur son compte, depuis qu'elle a quitté la commune, en 1940, sous l'occupation. Mais nul, à présent, n'oserait risquer la moindre critique sur son passé orageux. Prudence oblige. Au demeurant, c'est une femme souriante, si l'on ne la prend pas à rebrousse-poil. Toujours est-il, qu'à Sainte-Apolline-des-Champs, on ne l'aime pas ; on la craint. Cela suffit pour que l'on désire demeurer dans ses bonnes grâces. Il ne se passe pas une journée, sans qu'elle ne traverse la route, pour aller dévider la chronique des faits divers, chez son cousin Marcel qui n'est pas bavard, lui, qui la subit, sans trop s'y fier.

Et c'est la solide Albertine Pronier qui se charge de répondre :

— Ma pauvre Julie ! Ça a toujours existé... Pourqui voulez-vous que ça change ?

Julie se contente de plisser les paupières, pour s'appliquer à rouler sa cigarette de gris, attentive à ne point perdre le moindre brin de tabac. Elle l'allume, se redresse, pour tirer une première bouffée :

— Sûr que ça n'a pas changé, dit-elle. Voyez-vous, c'que nous racontaient nos défunts parents était bel et bien la vérité vraie. Il existe core des gens qui sont capables de vous envoyer du mal, et même au jour d'aujourd'hui. Même dans la commune. Ce qui compte, c'est d'être plus fort qu'eux... Je l'disais, pas plus tard qu'hier, à Jeannette, votr' fille, au sujet de ses gamines qui sont pas... Qui devraient être...

Albertine Pronier qui se curait les dents avec la pointe de son couteau, jette un regard effaré :

— Pour quelle raison ? Je l'ai vue, à matin.

— Ouais... C'qui se passe chez elle, ça n'est pas tout-à-fait normal...

— Julie, faut donc pas mettre tout au pire ! Bien sûr... Ils sont pas dans la chance... depuis quèque temps. De là à parler « d'enquéraudement »...

Marcel Pronier ferme son couteau et le glisse dans sa poche. Il fronce le sourcil, car les propos de sa cousine l'ont rendu subitement soucieux. Il dit, d'une voix sombre :

— I nous manquerait plus que ça !

Albertine en reste un instant bouche bée. Mais elle n'est pas femme à s'en laisser compter :

— D'abord... dans leur télévision, i disent c'qu'ils veulent. C'est commode, pour ces gens-là, de nous faire tourner le sang. Moi... j'y crois pas !

— Je n'dis pas ça, moi, proteste Marcel Pronier. Y'en a toujours eu, et y'en a core qui sont capables d'en vouloir à notr' famille. Rappelle-toi, quand j'ai acheté le morceau de terre du bas de « la Perrée » y'en a au moins deux, dans la commune, qui m'ont dit qu'on s'reverrait un jour, « autr'part qu'à la messe ». J'y pense toujours... Gavard et un autre que je n'veux pas nommer.

Il esquisse un semblant de signe de croix. (On ne sait jamais.)

« C'qui faut, c'est savoir se t'nir sur ses gardes... Et puis... y'a toujours moyen d'empêcher qu'on nous nuise... Ça, oui, j'y crois, autant qu'à la messe... »

Julie Vallon s'empresse d'approuver :

— Non, faut pas rire de tout ça. Et puis, si y'a des personnes qui s'occupent de supprimer les sorts, c'est donc bien qu'i reste core des gens qui peuvent vous faire du mal ? Pas vrai ? A ce qu'i paraît, y'en a de plus en plus, de ces personnes, pour délivrer les gens dans le malheur...

La cigarette au coin de la bouche, elle ferme un œil et grimace, à cause de la fumée... Elle s'explique :

« C'est comme pour les docteurs, pardi : c'est des... "spécialistes" qui ont, comme qui dirait, des pouvoirs, comme le curé pour les maux de saints. Ni plus, ni moins. Même que les curés les aiment pas. Pensez ! Ils sont plus fort qu'eux... même sans eau bénite.

— C'est des menteries, intervient Albertine Pronier... Y'a quèque chose qui me dit que ces gens-là grugent tous ceux qu'i peuvent attraper avec de belles paroles et des simagrées. J'en mettrais ma main au feu. Quant à c'qui arrive à Jeannette, y'a rien de sorcier là-dedans. Faut dire les choses comme e'sont : notr' gendre n'est pas un mauvais gars, mais i'n'a jamais été capable, ni courageux dans son travail... Ça fait au moins cinq places qu'il a faites, depuis qu'il s'est marié. I devrait bien pourtant comprendre. Les jeunes d'à présent, faudrait que tout leur arrive en restant la goule ouverte ! Et puis, y'a des périodes de chance et de malchance. Ça changera jamais !

— C'est un brin vrai, constate Marcel Pronier... Et puis... Qui c'est-i qui leur voudrait du mal, à eux ? Hein ?

— Écoute, Marcel, j'en ai causé avec ta fille... Eh ben...

Julie tousse, (trop de tabac) avant d'achever :

« Ben... Y'en a qui pourraient être de mèche... Enfin, je n'veux rien dire, avant d'être sûre et certaine... J't'en dirai plus long... un de ces jours... Tiens, à propos, notr'curé n'est pas d'attaque, à c'qui paraît...

— Ça lui fait quel âge ?
— Quatre-vingt-deux... ou trois !
— Eh, eh, c'est un bel âge !
— Faut l'garder ! dit Marcel Pronier, d'un ton sentencieux. Dame, ça s'ra le dernier, y'a bien des chances...

Julie Vallon ne voue pas un culte spécial aux curés, en général, et au curé de la paroisse, en particulier. Il lui a chanté, à ce qu'il paraît, quelques vérités qui n'étaient pas bonnes à dire. Elle entre dans l'église, aux quatre grandes fêtes de l'année et à chaque enterrement, pour s'aller nicher près du portail, dans le tout dernier banc qui est surélevé, et d'où elle peut tout voir, sans être vue. C'est pourquoi, elle n'est jamais en retard aux offices. D'ailleurs, malheur à l'impudente qui oserait lui disputer « son » banc !

— Faut bien se faire une raison, dit-elle en grimaçant un mauvais sourire. Personne n'est immortel ! Et puis, on verra bien. On n'est plus au temps où il fallait avoir le curé sur le dos pour nous faire la morale. Et puis, au fait, en faut-il vraiment, un curé ? J'vois, tout autour, les gens se sont bien accommodés de plus en avoir, de curé ! Pour moi, ça n'me soucie guère. Y'en n'a plus ? Eh ben, y'en n'a plus !

— Je n'dis pas ça, moi, intervient Marcel Pronier. Quand y'a plus de curé, y'a plus de messe... Y'a plus de commerce... plus de café pour se voir, le dimanche. Si y'a plus de curé, y'aura quasiment plus rien... à Sainte-Apolline. Avec ça qu'on a core baissé en habitants. Ouais, on en a parlé, au dernier conseil : ça n'est guère réjouissant. Je dis et j'maintiens : quand y'a plus de curé, y'a plus rien... Et puis on n'est pas des bêtes !

Et il s'est animé, le ton a monté, Julie Vallon a refusé de prendre la rituelle tasse de café. Elle préfère quitter la place, pour revenir, sans aucun doute, colporter en fin d'après-midi, les nouvelles qu'elle aura glanées dans l'une des sept maisons du hameau de « la Blancarderie ».

Sa vie se passe ainsi en allées et venues et en papotages. Son mortel ennemi, Alexandre Gavard, le fils de la paralytique, l'a affublée d'un surnom peu flatteur, à cause de sa tenue tapageuse et de sa « langue de vipère » : la « Sorcière de Paris ».

9

L'abbé Pouélat a dû être hospitalisé d'urgence ; il a subi une intervention chirurgicale qui a été un échec. Il est mort, sans avoir repris connaissance, dans la nuit du quatre janvier.

Son corps a été ramené au presbytère, le lendemain. Angéline, la servante, et Jérémie, le sacristain, seront les seuls à l'entourer, jusqu'à l'enterrement. Le temps n'est plus où, en Normandie, la famille et les voisins veillaient pieusement leur défunt, jour et nuit.

La paroisse, en sa quasi totalité, a défilé devant le gisant revêtu de ses ornements violets... Ils sont venus, presque tous, conscients qu'ils vivaient un événement capital pour la commune : la mort du vieux curé, c'est la fin d'un monde.

Le conseil municipal lui a concédé, comme il l'avait désiré, une sépulture, au pied du calvaire.

Le jour de l'inhumation, le bourg connaît une animation comme il n'en a jamais connu, de mémoire d'homme. Les voitures s'alignent sur les bas-côtés de la route, aux environs de l'église, sur plus de cinq cents mètres. Des prêtres (plus de quatre-vingts, peut-être) sont arrivés de tous les coins du diocèse.

L'évêque, lui-même, a tenu à présider la célébration. Il a donné l'homélie de circonstance. Il a résumé, d'abord, ce que fut la longue existence de l'abbé Pouélat, « toute de rectitude, de fidélité à la tradition de l'Église, à cette paroisse, où il a voulu demeurer tant d'années, alors que des postes importants lui étaient proposés »...

Il en vient rapidement à rappeler le souci qui le hante, en

tant qu'évêque : « Il n'y a plus assez de prêtres. Que vont devenir nos 600 paroisses, si ces paroisses ne peuvent plus bénéficier des sacrements, de la célébration de l'Eucharistie ? Votre paroisse, comme tant d'autres (une dizaine, chaque année) n'aura plus de prêtre résident. Et, combien de temps encore, votre église sera-t-elle un lieu de célébration ? Je n'ose répondre à cette question. Il faut l'envisager courageusement, vous-mêmes. » Et d'engager les pratiquants à dépasser les limites d'une commune, pour que les paroisses sachent se réunir, se restructurer.

Le conseil municipal, avec le maire, Anselme Lenoir, est rassemblé sous la chaire, dans la nef. Dans le chœur, sont tous les concélébrants : jamais, à Sainte-Apolline-des-Champs, on n'a vu tant de prêtres à la fois... (Et pour célébrer la messe d'inhumation du dernier curé !) Malgré le froid, il a fallu laisser le portail grand ouvert, car la foule déborde jusque dans le cimetière. Julie Vallon est là, juchée dans son banc, d'où elle a tout le loisir de suivre cette cérémonie, sans en perdre un mot, un geste.

Le général de La Vaissière siège dans la stalle curiale, qui est devenue, depuis le 11 novembre, sa place réservée, dans l'église. Il va, après l'absoute, prononcer une allocution, en sa qualité de président des Anciens Combattants de Sainte-Apolline, pour vanter le patriotisme, le calme héroïsme de l'abbé Pouélat, qui était un ancien évadé d'un stalag allemand, en 1941.

C'est une belle cérémonie ! On s'en souviendra longtemps, dans la paroisse ! Lorsque le cercueil quitte le chœur, les femmes ont les larmes aux yeux.

Et le dernier curé de Sainte-Apolline-des-Champs s'en va rejoindre ses autres confrères qui dorment au pied du calvaire.

La foule se dispersera, en moins d'un quart d'heure. Quelques rares autos demeurent sur la place. L'unique café, le café de la mère Lerenard connaît, ce jour-là, une particulière affluence. La salle ressemble à une salle de ferme, avec sa grande cheminée de granit, son vaisselier débordant de faïences, et de cuivre ternis. Deux immenses tables avec leurs bancs, achèvent de meubler cette pièce qui n'est éclairée que par une fenêtre donnant directement sur le cimetière. Les tables sont disposées de manière à ce que les clients puissent, à l'une et à l'autre, causer entre eux, sans crainte d'être entendus par des importuns installés à l'autre table.

Ce jour-là, Bernard Levert a invité six de ses amis du conseil municipal, et Georges Mansart, le garde champêtre qui porte, comme au 11 novembre, son képi. Devant leur verre de muscadet, ils sont, épaule contre épaule, le visage tendu vers celui qui régale, comme dans l'attente, de sa part, d'un message capital. Après une première gorgée, dans le brouhaha propice aux confidences :

— Dame ! Notre général nous a fait un beau discours ! Faut dire ce qui est ! Pas vrai ?

La question est ambigüe. Ils n'osent pas approuver, en ajoutant quelque compliment.

— Je n'croyais pas que notr'curé en avant fait tant, pendant la guerre ! Vous avez vu ses décorations : croix de guerre, médaille militaire, deux citations !...

Le garde champêtre est heureux d'ajouter :

— Je l'ai jamais entendu en parler.

— Moi, dit Marcel Pronier, crânement, car le sujet n'est pas dangereux, moi, je dis et j'maintiens qu'on avait un bon curé... dame, à présent...

Tous en viennent à faire l'éloge de l'abbé Pouélat, tant il est vrai que l'auréole ne couronne les saints qu'après leur mort. Et ils supputent les chances qu'ils ont d'avoir un nouveau curé. Bernard Levert veut les rassurer : s'il est maire, aux prochaines élections, il saura agir près de l'évêché ; il possède quelques arguments... et l'un des vicaires généraux est son cousin. Les élections ! Bien sûr ! Chacun d'eux y pensait.

Jacques Demarre, le fermier du château, communique une bonne nouvelle. Le général lui a demandé conseil, « entre amis », car il « veut être éclairé sur la manière de faire ». Jacques Demarre, sans difficulté l'a convaincu qu'il ne serait pas habile, de sa part, que le nom du général de La Vaissière figure sur la liste des conseillers sortants, qu'il doit, au contraire, se présenter seul, pour présider, comme maire, le conseil municipal, après une élection qui ne peut être que triomphale, étant donné le prestige dont il jouit parmi tous les électeurs.

— Qui c'est-il qu'il a dit, en fin de compte ? demande Albert Rousset, en affichant une mine incrédule.

Jacques Demarre a un geste d'énervement :

— Puisque j'vous l'dis... Je lui ai fait comprendre que, lui, vu son rang, ne pouvait pas se mettre sur notre liste, pour ne pas qu'on croie que c'est la liste qui l'aurait fait passer, ou alors que si on votait pas pour la liste, lui non plus... Tout seul, il avait toutes les chances...

— Et il a rien dit ? interroge Bernard Lafue. Il n'a vu que du bleu ?

— Et il m'a dit, précise fièrement Jacques Demarre : « C'est, en effet, de la bonne stratégie, digne de Saint-Cyr. Je me présenterai donc seul. Ça ne m'effraie pas, Jacques, j'en ai vu d'autres »...

Anselme Lenoir aime les affaires menées rondement et sans criailleries :

— Si j'comprends bien, c'est une affaire entendue, dit-il. Et, mes gaillards, c'est une bonne affaire pour vous... et pour toi surtout, Bernard !

Ce soir-là, Jérémie en oublie d'aller sonner l'Angélus, et de fermer l'église. Le bourg et le café devenus déserts, il est allé se réfugier chez la mère Lerenard siroter son café, durant près de deux heures. C'est la patronne elle-même, bien triste, elle aussi, qui lui a conseillé de rentrer chez lui.

La nuit venue (et la nuit arrive de bonne heure, en janvier) Angéline a discrètement quitté le presbytère pour aller se recueillir sur la tombe fraîchement refermée ; à la lueur du réverbère, elle est entrée dans l'église, jusqu'à la marche de l'autel ; elle est demeurée longtemps à genoux, à prier, dans le silence de l'invisible Présence.

10

Durant deux semaines, il n'y eut point de messe. Le dernier dimanche de janvier, le nouveau desservant, l'abbé Pascal, curé de Mesnilrault, une paroisse voisine de Sainte-Apolline-des-Champs, vient célébrer la messe dominicale. C'est un homme de quarante-cinq ans qui a déjà la charge d'une brassée de paroisses, maintenant, en tout, huit. Il est l'exemple même du prêtre de l'après-concile. Il sait rassembler, mettre à l'œuvre les laïcs, stimuler les bonnes volontés qui hésitent, initier, en donnant à chacun des responsabilités dans la paroisse même. S'il a accepté la charge d'une autre desserte, c'est bien avec l'intention d'appliquer, là comme ailleurs, ses théories pastorales qui sont évidemment à cent lieues de celles de son vieux confrère de Sainte-Apolline-des-Champs.

Ce premier dimanche de ministère dans sa nouvelle communauté, au prône, il s'est expliqué sur ses intentions...

« Ne faites pas de comparaisons. Les curés, quel que soit leur âge, sont différents, pour être complémentaires. Ils passent ou trépassent. C'est dans l'ordre des choses. Et n'allons pas simplement gémir sur la pénurie du clergé. Nous avons été peut-être trop habitués à être servis par des... "spécialistes" qui vous laissaient la seule charge de dire : "Amen". Mais cela, c'était hier. Aujourd'hui et demain, il vous faudra prendre en main une large part de la vie paroissiale. Vous n'aurez plus le choix. Ce sera, selon la formule célèbre, "pas sérieux, s'abstenir" »...

Dès ce premier contact avec les gens de Sainte-Apolline, il fait appel aux bonnes volontés. Une réunion aura lieu, dans la semaine, au presbytère, afin que les volontaires puissent se partager les tâches qu'ils seront en mesure d'accepter. « C'est afin, dit-il, que tous les baptisés, ici, comme ailleurs, dans l'Église de France, prennent la part qui leur revient dans l'évangélisation de leur milieu ».

Jamais d'aussi mystérieuses paroles n'ont été proférées dans cette église. Et l'abbé Pascal conclut ainsi : « En un mot, comme en cent : êtes-vous désireux que votre paroisse continue à vivre ? Les semaines et les mois qui vont suivre, seront une éloquente réponse ».

Les commentaires vont aller leur train, après la messe, sur la place, et dans la salle du café.

— Eh ben, dame, c'est un gars qu'a pas le filet et qui sait ce qu'i veut !

— Il est core jeune... I' se calmera !

— Notr' vieux curé n'en demandait pas tant ! S'i faut qu'à présent ça soye nous qui fassent le travail de curé...

— Enfin, c'qui compte, c'est qu'on ait la messe... et chez nous, comme de juste... Pour le reste... on verra bien...

Chez la mère Lerenard, les deux tables sont complètes. Ils sont venus nombreux, par curiosité, et pour que le nouveau desservant soit édifié sur la ferveur de ses paroissiens. Il lui serait si facile de trouver un prétexte pour supprimer la messe dominicale, dans une si petite commune.

Bernard Levert, en personne, est allé à la sacristie, pour l'inviter à prendre le verre de muscadet à sa table — la table qu'il préside ! L'abbé Pascal ne s'est pas fait prier. C'est l'étonnement, pour tous ceux qui sont là ; jamais, on n'avait vu le curé de Sainte-Apolline-des-Champs entrer ainsi en compagnie, pour boire un coup, après la messe.

Et c'est Bernard Levert, encore, qui lui fait les honneurs de la commune : ce qu'elle est, ce qu'elle sera, il l'espère, après les prochaines élections municipales. Lui seul prend la parole. Anselme Lenoir, le maire en exercice, les autres, se contentent d'approuver, en balançant la tête.

A l'autre table, Alexandre Gavard, l'ennemi de Levert, lorgne du coin de l'œil la scène attendrissante. Il marmonne à ses voisins, entre ses dents :

— Guettez-le, not' futur maire, avec l'pauvre imbécile de Lenoir... Mais, guettez, y s'y croit déjà !

L'abbé Pascal paraît jovial, bavard même. Anselme Lenoir insiste pour offrir une seconde tournée. Question de principe. N'est-il pas encore, malgré tout, le maire ?

— Mais... Monsieur l'curé, commence-t-il... Avec tout c'que vous nous avez dit, peut-on compter, pour un bon bout de temps, avoir la messe ? Vous comprenez que c'est bien normal que j'vous pose la question. Sauf votre respect...

L'autre prend un air mystérieux :

— Je ne peux pas savoir, monsieur le maire. Il faut vivre au jour le jour. Cela dépend de bien des choses... Cela dépend surtout du nombre de pratiquants...

11

— Ah, tout ça, c'est bien triste !

Berthe Lafue s'est assise, et demeure les mains à plat sur les genoux, gémissante :

— I serait tout de même temps que Bernard se décide... Cinquante-cinq ans ! Et ça n'est pas par manque de chercher... Moi, je vieillis... Je m'en vais prendre mes soixante-dix-sept... Avec ça, mon cœur qui fait des siennes !... Non, vraiment, je n'pourrai pas tenir core bien des années...

Tout en sortant sa blague à tabac, Julie Vallon approuve :

— Dame, je vous comprends, Berthe... Comme vous dites, Bernard mériterait bien de trouver une femme à sa convenance, pour l'aider à tenir sa ferme... Vous ne pourrez pas toujours le servir...

Un silence :

« Mais, votr' père, s'est-il pas marié, après ses cinquante ans ?

— J'pense bien... Même qu'il avait cinquante-et-un ans bien sonnés, ma mère, trente-cinq... Et ça a fait un bien bon ménage.

— Mais Bernard (si je n'suis pas trop curieuse) n'a t-il pas eu déjà plusieurs partis ? C'est core un beau garçon !

La mère, de se rengorger, avec un sourire extasié :

— Pour sûr : quand vous l'voyez en dimanche, eh ben, je dis, y'a des femmes qui voudraient bien en avoir un pareil...

— Ça, c'est bien vrai !

— Mais les filles d'à présent veulent plus rester à la terre... Leur faut des robes de princesses... et surtout ne pas se salir dans la boue. Leur faut aussi une maison neuve, un château, quoi...

Julie Vallon s'est confortablement installée à la table. Elle roule sa cigarette, d'un air rêveur, la fignole du bout des doigts, puis :

— A-t-il déjà fréquenté ?

— Deux ou trois fois. Les deux dernières, ça n'a pas duré longtemps... Elles étaient un brin jeunes pour lui. Y'en a une qui voulait pas de culture... L'autre (c'est mieux encore) voulait pas que je reste dans ma maison... chez moi. Pensez !

— Avait-il été, comme pour ainsi dire, fiancé, avec...

Julie Vallon prend un malin plaisir à mettre Berthe Lafue dans l'embarras. Celle-ci se tait. Elle ne voudrait même pas prononcer le nom de cette Georgette Marcelin qu'a « fréquentée » son fils, en fin de compte, elle a épousé Ernest Calidon.

Elle a été « bonne », plus de dix ans, chez les Lafue. Bernard qui est son aîné de dix ans, s'est amouraché de cette fille avenante et gaie, dure à la peine. Il a pensé en faire sa femme ; il lui a dit ; elle a accepté. C'est la mère Lafue qui a jugé qu'il était temps de mettre les choses au point. Malgré Joseph, son mari, un homme calme et paisible, malgré son fils, elle a chassé Georgette Marcelin, pour la seule raison qu'elle n'apporterait rien en mariage, pas une vergée de terre, que ses deux bras. Bernard a menacé sa mère ; il est resté couché, deux jours durant, avant de se résigner. Un an plus tard, Georgette Marcelin épousait Ernest Calidon, lui aussi, ancien commis de ferme, qui venait de quitter la terre pour travailler dans une entreprise du canton. Ils demeurent à Sainte-Apolline-des-Champs.

Berthe Lafue a une réponse cinglante :

— Julie, n'allez surtout pas raconter des menteries... Bernard n'a jamais fréquenté cette... I s'en est amusé ; c'est tout ; elle lui courait après. C'était de son âge. Mais j'ai toujours cru qu'elle l'avait comme... « enquéraudé ». Mais ça n'a pas duré. Ma pauvr' fille j'peux vous confier qu'il en a été malade... C'est une vraie sorcière, cette fille !

— Croyez-vous que ça a bien changé ? grommelle Julie Vallon... Si vous saviez ! Enfin...

Berthe Lafue est en vaine de confidences. Elle baisse la voix, pour faire cette requête :

— Mais, vous, Julie, qui connaissez tant de monde... Vous pourriez pas... l'aider à rencontrer quelqu'un qui pourrait faire son affaire ? Une travailleuse... avec un peu de bien, autant que possible. A l'heure qu'il est, faut de l'argent. Bien qu'à tout prendre, si elle avait rien... Faut pas qu'on soye trop difficile...

Elle a un sursaut, se lève à demi, pour se pencher vers la fenêtre :

« Attention ! Le v' là. Ne dites pas que j'vous ai parlé. J'vas essayer... »

Bernard Lafue paraît. Un homme sec, grand, le visage osseux et basané, avec un sourire de commande.

Les salutations faites, les sempiternelles constatations sur la météo du jour, Julie Vallon entreprend d'aborder le sujet, d'une manière détournée :

— J'parlais avec ta mère, de notr' nouveau curé... C'est un jeune, ce coup-là !

— Ouais... et puis qui sait c'qui veut ! Pas vrai ?

— Pour moi, ça ne n'me dérange pas. Je n'ai pas affaire avec lui... Et vu, qu'à mon âge, je n'compte pas me marier...

Et Julie Vallon rit, tousse :

« C'est pas comme toi, mon garçon ! Faudrait bien y penser sérieusement...

Bernard Lafue hausse les épaules, pour manifester le peu d'intérêt que lui inspire le mariage. Sa mère vient à la charge :

— Julie a raison... J' te l'dis, tous les jours. Julie est une femme de bon conseil, et qui en connaît, des gens !

Il a un geste d'énervement. Elle ne se décourage pas :

« I faut que tu l'écoutes... Ça ne t'engage à rien, pardi ! Expliquez-lui donc, Julie. »

Celle-ci se fait tirer l'oreille, puis :

— Dame, je n'suis pas l' bon Dieu ! Que non ! Mais, pour tout dire : il est arrivé ce qui devait arriver, chez nous, et pour bien des gens... Et tout ça n'a rien de bien catholique... Y'a, comme qui dirait, quèque chose de... mystérieux...

— Ça s'peut, dit-il, sans grande conviction, et pour ne pas blesser celle qui croit faire la pluie et le beau temps, dans le hameau... Tenez, moi qui fais de la viande, rien que de la viande, j'ai perdu deux bœufs qui valaient bien, à eux deux, un million cinq... Ça n'a rien de normal. Avec ça, à présent, ça ne se vend pas... C'est-il que... J'sais-t-y... Mais, moi, j'ose pas y penser...

Julie Vallon se contente de filer de courtes bouffées, et de hocher le menton. Enfin :

— P't'être que j'pourrais demander à quelqu'un c'qu'il en est vraiment. Et ça vaudra mieux, certainement, que de mettre un cierge à Sainte-Apolline... Ouais... J'peux toujours téléphoner à la « dame de Danneville »... J' là connais depuis une pause ! C'est une femme qui a, comme qui dirait, des pouvoirs, et qui rend, ma foi, bien des services à ceux qui sont trop dans le malheur...

Berthe Lafue, intervient, subitement inquiète :

— Ça s'rait pas une espèce de cartomancienne ? J'n'ai pas trop confiance à ces gens-là...

— Mais, Berthe, faut tout de même savoir c'que vous voulez... pour délivrer votr' gars ! C'est une femme tout c'qui y'a de convenable ! Moi, je dis et je répète qu'é peut vous faire du bien... Mais, dame, c'est à votre gars de savoir c'qu'i veut... Se marier, ou pas...

— Admettons... Mais tout ça, ça va nous coûter dans les combien ?

— Mais, mon pauv' gars, en v' la-t-y une question ! Ben sûr, ça va te coûter quèques sous' Y'a rien, sans argent ! Mais c'est-y pas le résultat qui compte ?... Et si tu trouves une femme à ta convenance, t'iras pas te plaindre, après... non ?

— Je n'dis pas... Mais je n' voudrais pas que ça soye connu dans le pays.

— Comme de juste... Mais puisque y'aura ta mère et moi à l' savoir... Tu risques donc rien !

— Bon, ben... J'veux bien voir... Mais faudra s'entendre sur le prix.

— J' vas te donner son numéro de téléphone... Et t'iras la voir quand tu voudras, tout simplement. T'es assez grand garçon, pour savoir c'que tu veux... Pas vrai ?

— Dame, Julie, si vous pouviez faire en sorte qu'elle lui en trouve une comme i faut, on vous aurait bien de la reconnaissance, conclut Berthe Lafue qui semble avoir repris confiance...

Elle n'a jamais eu Julie Vallon en odeur de sainteté, une « fille qu'a trop traîné à Paris, durant la guerre »... Mais à qui se fier, quand il s'agit de vous tirer d'affaire ?

12

Bernard Lafue, après bien des tergiversations, est donc allé consulter la « dame de Danneville ». Il y est allé avec sa mère, en emportant, sur le conseil de Julie Vallon, les photos de mariage, collectionnées depuis quarante ans par sa famille.

La « dame » habite, à trois cents mètres de la mer, une ancienne fermette isolée de toute autre habitation. C'est une petite bonne femme qui essaie de rester coquette, et qui affiche toujours un sourire aguichant. Elle a les cheveux teints en noir de jais et tirés haut en chignon, pour faire oublier ses soixante-dix ans bien sonnés.

Elle accueille Bernard Lafue et sa mère, tous deux, très embarrassés de se trouver en présence d'une « diseuse de bonne aventure » :

— On s'en vient de la part de Julie !!... Julie Vallon, précise Berthe Lafue. Paraît que vous la connaissez bien ?

La « dame » se contente de secouer le menton et de dire :

— Y'a bien longtemps qu'on s'est vues. Elle a ses affaires ; et moi, j'ai les miennes. Enfin, vous ne venez tout de même pas pour me parler de Julie Vallon ? Allez, entrez donc par-là ! J'aime pas causer au bord de la route, ça n'est bon, ni pour vous, ni pour moi.

Ils traversent la cour à sa suite. Avant d'ouvrir la porte, elle se retourne, prévient :

— Vaut mieux, vous, que vous restiez dans la voiture. Ça n'est pas votre affaire, à vous !

Berthe Lafue voudrait protester, ne pas lui abandonner ainsi son garçon.

— Allez ! que j'vous dis... Vaut mieux, si vous voulez que ça réussisse ! Je peux pas faire autrement ! Et c'est pour tout le monde pareil !

Elle pousse Bernard Lafue à l'intérieur, et ferme la porte au nez de sa mère. La pièce est petite, éclairée par une seule fenêtre. Il y a une table de salle à manger Henri II, encombrée d'objets hétéroclites, et de sombres paperasses, avec deux chaises de cuir, pour un face à face.

Elle s'assied, fait signe à son consultant de prendre l'autre chaise. Les deux mains plaquées sur les tempes, elle se tient immobile, un bon moment. Puis :

— Bon, je crois que je vais pouvoir commencer... Dame... Je ne vous promets rien... Des fois, ça ne marche pas... Faut revenir... C'est comme ça... Nous allons voir...

Elle se concentre :

« Mais, à propos, vous voulez savoir quoi ? »

Bernard Lafue avait compté sur la présence de sa mère. Il ne sait par où commencer :

— Comment, j'vous direz bien ? Savez-vous l'âge que j'ai ?

Elle lève les deux mains, afin de l'empêcher d'en dire plus : elle répondra à sa question. Elle l'examine, un instant :

— Je dirais... cinquante... trois ans ! Mais vous en portez dix de moins ! Parole de femme ! Et vous n'êtes pas marié ?

— C'est la pure vérité. Je ne vous le cache pas. Puisque je suis là, pour que vous me disiez, si vraiment, j'ai une chance...

Elle bat les cartes. Les couleurs jaillissent en éventail, de ses doigts, disparaissent, avant qu'elle n'étale, d'un trait, sur le tapis, les images des rois, des dames et des valets, qui se figent devant elle. Bernard Lafue se penche, comme pour essayer de deviner le sens de ce manège. Elle soupire :

— C'est bien ce que je pensais... Trois femmes... Trois échecs...

Elle semble compter, en tapant, de l'index, chaque carte :

« Mais pas toutes disparues »...

Comme si elle s'adressait à lui :

« C'est bien ça, oui ! Mais y'en a une... Comment dire ?... Oui, qui ne vous veut pas que du bien... »

— Je m'doute bien... Je m'me doute... C'est-il qu'elle pourrait me... nous donner des malheurs ?

— Je n'saurais rien vous dire encore... Je n'avais plus... J'suis fatiguée...

— Ah, ça m'étonne pas ! Ça m'étonne pas !

— C'est tout c'que je peux vous dire, aujourd'hui !

Bernard Lafue paraît ému devant une telle clairvoyance. Il se lève, sort son portefeuille :

— Combien que j'vous dois ?

Une petite voix :

— Deux cents francs !

Il respire. Il pensait s'en tirer pour la moitié plus. Il salue et file vers sa voiture où se morfond sa mère.

— Alors ?

Il s'installe au volant, démarre. Berthe Lafue s'impatiente :

« Qui c'est-il qu'elle a dit ? »

Il secoue les épaules :

— C'était bien à penser !

— Qui ?

— Je suis sûr et certain, à présent, que ça n'ira pas mieux. Elle m'en veut... C'est clair !

— Mais qui ça ?

— Tu sais aussi bien que moi ! N'insiste pas trop. Tout ça, d'abord, c'est un brin ta faute. Si tu m'avais laissé faire c'que j'voulais... On n'en serait pas là... C'était pas une mauvaise fille...

— Et tu serais marié avec une gueuse !... qui t'aurait mangé tout ton bien... C'est ça que t'aurais voulu, s'pas ? T'es un ingrat ! T'en fait pas, on l'empêchera bien de nuire... avec son imbécile de Calidon !

— J'suis sûr et certain que ça n'ira pas mieux... J'aurais dû m'en douter... Sacré bon sang !

Et il donne un grand coup de poing sur le volant.

« De tout ça, crie-t-il, faut en parler à personne ! A personne ! Tu m'entends ? On verra bien... »

13

Un mois après la mort de l'abbé Pouélat, Jérémie, le sacristain n'a pas réussi à se faire une raison. Jour après jour, il est devenu un errant, dans ce même village où il est né, et qu'il a seulement quitté, le temps d'une guerre.

Chaque matin, il continue à sonner l'angélus (à la corde, « comme de juste ! »). Sa journée commence. Il traîne dans le cimetière qui lui est aussi familier que sa propre maison, un bon quart d'heure, avant de se diriger vers le bistrot de la mère Lerenard, où il se réfugie, pour prendre sa tasse de café arrosé. Il s'installe, toujours à la même place, près de la fenêtre. Il y demeure parfois la matinée entière, à égrener les nouvelles du pays, et celles qu'il a vues à la télévision, la veille au soir.

Ce matin-là, il se montre peu bavard. Hier, dimanche, l'abbé Pascal le desservant a annoncé au prône, « par décision de Monseigneur l'évêque », qu'il ne viendrait seulement que deux dimanches par mois célébrer la messe. Les paroissiens de Sainte-Apolline devraient accepter, deux fois par mois, d'aller à Vireville, remplir leur devoir dominical.

Précautionneux, il boit, à petits coups, plusieurs gorgées. Puis, il culbute le petit verre de calva dans la tasse. Au bout d'un quart d'heure, le regard perdu parmi les tombes du cimetière, il dit, comme s'il se parlait à lui-même :

— Vraiment, ça n'amende pas... Ma pauv' Germaine, on aura tout vu, avant que de mourir ! C'est pas Dieu possible ! C'est la fin du monde ; ou tout comme !

La bonne femme qui balaie la salle, se contente de hocher tristement la tête. Et Jérémie :

« Qui c'est-y qu'aurait dit, qu'un jour, on en arriverait là ? »

Un long silence. Après avoir épuré à fond le reste du petit verre, jusqu'à la dernière goutte :

« Enfin, ça va commencer à remuer, dans la commune ! Je les vois tous avec leurs manigances ! I'sont tous gentils et rendant-service, à qui l'mieux ! Ça me fait rire ! »

En sage commerçante qui ne prend jamais parti dans les débats politiques locaux, la mère Lerenard s'appuie sur son balai :

— Oh, oui, ça va vite venir... Mais on en arrive à se demander à quoi ça va bien pouvoir servir, un maire et un conseil, au point où en est la commune ! Y'a plus de curé ! Plus de messe, ou pour ainsi dire ! Plus de commerce !...

Elle demeure songeuse, puis :

« Pour moi, je n'resterai pas à guetter les clients. A ce train-là, mon pauvr'gars, qui c'est-y qui va rester à Sainte-Apolline, avant dix ans ? Pour moi... »

Elle n'achève pas. Elle ne veut pas alarmer un peu plus Jérémie. D'un ton résigné, elle dit :

« On a trop vécu, voilà tout ! Nos "gens" [1], eux, n'ont pas eu à sa plaindre. Mais dame, s'ils revenaient, ils en mourraient deux fois ! »

Un moment se passe ; elle balaie sous les tables ; elle s'arrête, se redresse :

Je n'vois pas pourquoi je resterais... Tous s'en vont au canton, pour ramener des voiturées de marchandises. Quand i'viennent chez moi, c'est pour acheter un paquet de sel... qu'i z'ont oublié... Tiens, la semaine passée, j'ai pas vu un chien dans ma boutique. Personne ! Alors, à ce tarif-là, tu comprends, y'a plus qu'à vendre... Et encore, si je trouve preneur ! »

Jérémie se tortille d'inquiétude : si la mère Lerenard allait mettre à exécution ce projet qui, pour lui, est une menace ?

— Faut pas dire ça, Germaine !... Y'a plus de curé ! Y'a de moins en moins de messes ! C'est une affaire entendue ! Mais le temps où y'a encore ton café, y'a des gens qui viendront pour se r'trouver chez toi ! Si tu fermes ta maison, i nous

[1] Parents.

restera plus que le cimetière ! Pasque, là, on se retrouve tous, en bonne compagnie, pas vrai ?

Il tire sa montre de son gousset, regarde l'heure. C'est un geste qu'il fait, cinquante fois par jour, peut-être. Il observe l'horizon de croix — les croix du cimetière, dont il connaît chaque nom, et celui qui l'a porté. Du bout des doigts, il fouille dans son porte-monnaie à fermoir de cuivre, pose sur la table le prix du « café arrosé », il se lève et, sans mot dire, ni salut, s'en va tout droit sans hésiter vers le presbytère.

Il ne se passe pas trois jours, sans qu'il n'aille rendre visite à Angéline. Jusqu'à nouvelle décision, jusqu'aux prochaines élections municipales, elle demeure au presbytère. Les héritiers de l'abbé Pouélat lui ont laissé les meubles qui appartiennent à la paroisse, soit, entre autres, dans l'immense cuisine, la grande table de ferme et deux chaises, sur lesquelles planaient un doute de propriété. En accord avec le desservant, l'abbé Pascal, malgré son âge, elle continue à rassembler quelques enfants pour le catéchisme, comme elle l'a toujours fait, depuis trente ans. Elle maintient des fleurs fraîches, sur la tombe de l'abbé Pouélat. Il y a peu de culte à Sainte-Apolline, mais elle persiste à décorer l'église. Qui la remplacerait ? Qu'il y ait messe ou non, chaque jour, elle se tient de longs moments près du tabernacle, avant que Jérémie n'arrive sonner le dernier angélus et fermer les portes. Il est d'ailleurs le seul et unique visiteur à venir encore au presbytère...

Le voici, à nouveau. Il a choisi le plus court chemin, à travers le cimetière, après avoir quitté le café ; il suivrait ce sentier, à tâtons, en se remémorant, dans sa tête, le nom des sépultures qui le jalonnent.

Il a tiré la clochette, est entré aussitôt. Lorsqu'il pénètre dans la cuisine, il prend toujours le temps de s'habituer à ce dénuement qui manifeste, mieux que tous les mots, un départ. La pièce résonne ; il y règne une odeur de fumée ; les murs gris gardent les marques du vaisselier, du buffet normand, et même des casseroles de cuivre qui y étaient suspendues.

Il salue, en silence, en mettant la main à sa casquette. Il parle à mi-voix, comme dans la chambre d'un mort, d'un absent :

— Toujours du vent !

Une courte pause :

« Dans quinze jours, ça va remuer, dans la paroisse ! Soit dit entre nous : Y'en a qu'un qui ne se doute pas de c'qui va lui arriver : c'est le général... Dame, il a payé à manger et à boire. (C'était bien de la bonté !) Mais il n'va pas se r'trouver dans ses comptes. Y'aura pas donnant-donnant ! C'est moi qui vous l'dis ! I'plument tout leur content. Oui, oui, i' faut mieux faire pitié qu'envie ! Pas vrai ? Les gens disent, en riochinant : « Il a trop d'argent, ce gars-là, puisqu'il le jette par les fenêtres ! Il a bien d' la chance ! » Ben, ça, c'est impardonnable ! Vous verrez c'qui arrivera ! J'en mettrais ma main au feu.

Angéline est penchée dans la cheminée, pour atiser une flambée. Elle se redresse :

— Tu vois, Jérémie, Monsieur de La Vaissière est un bon et honnête homme. Comme toute sa famille, pardi ! Je l'connais depuis longtemps ! Je l'ai vu grand comme ça ! Eh bien, j'avais le devoir de le prévenir, en y mettant des précautions, bien sûr : « Monsieur de La Vaissière, que je lui ai dit : méfiez-vous, ces gens-là sont pas francs de collier. Ce qu'ils veulent, pour un moment, c'est profiter de votr' bonté, sans rien donner en retour. Mais ils n'ont pas de cœur, et pas un sou de reconnaissance. Plus vous leur donnerez, et plus i vous en voudront... par jalousie. Méfiez-vous ! »

Le sacristain s'est approché ; il se frotte le nez, signe de grande curiosité, ou d'inquiétude :

— Entre nous, qui c'est-i qu'i vous a répondu ?

Angéline hausse les épaules, paraît chercher dans sa mémoire, les paroles exactes :

— Oh, mais, j'sais-ti ? Il m'a dit : « Angéline, ce sont mes amis, depuis toujours ; et leurs grands-pères, même sous la grande Révolution, (que les fous fêtent cette année) leurs grands-pères nous sont toujours restés fidèles, quels que soient les événements. C'est pourquoi, je me suis fais un devoir de me dévouer à leur service... » Oui, c'est ça qu'il a dit. Et il est sincère. Pauvre homme ! Faut-il qu'il soit naïf, à ce point-là ! Que veux-tu, les gens honnêtes ne peuvent pas penser du mal de leurs semblables, jusqu'au jour où ils s'aperçoivent qu'on les a trahis...

— Ça, c'est bien la vérité vraie...

Le tisonnier à la main, pour une solennelle mise en garde :

— Je dirai plus un mot ! conclut-elle. Mais, Jérémie, rappelle-toi qu'on est dans la même situation : il faut tout écouter, rien dire, et voter...

— Oh, y'a pas de danger que j'm'en occupe ! D'abord, c'est tous de mauvais chiens !

— Faut pas dire ça, tout de même ! proteste la bonne Angéline. Monsieur l'curé l'a toujours dit : « Les élections au conseil, c'est comme la peste, dans la paroisse : l'orgueil les prend tous, et la méchanceté les ferait renier père et mère... Et tout ça pour avoir une chaise à la mairie. » Et Bernard Levert, avec ses simagrées, comme les autres. Je lui ai dit, à lui... Pensez ! Sa mère était ma camarade de communion, et une bien bonne personne ! Mais, j'en parlerai plus ! Comme monsieur l'curé, qui ne quittait plus le presbytère, quinze jours avant les élections ! Tu t'en rappelles bien, pardi ?

— Comme vous dites, Angéline ! C'est bien vrai !

— Je m'attends bien que, dès qu'i sera maire, i s'en vienne me dire : « Angéline, vous comprenez... Faut vous en aller »...

Elle ramasse, avec les pinces à feu, le tison qui avait roulé dans l'âtre...

« Et c'est bien normal ! Mais, tu m'entends, je quitterai pas pour longtemps la paroisse. J'y suis née... Et ma tombe m'attend ! »

Jérémie s'est assis devant la cheminée, mains tendues vers la flamme :

— Ma foi, j'voudrais core vivre quèque temps, dit-il... Histoire de voir... Dire qu'on n'demande qu'à vieillir !

Il se lève. Il va jeter un coup d'œil au dehors, comme 'il craignait une présence importune. Puis il revient vers la cheminée :

« Pourtant, y'en a une qui commence à remuer... Elle n'aurait pas été aussi fière, du temps de monsieur l'curé. (Elle en avait une peur bleue). V'la t-y pas que, l'autr'jour, elle m'a "agonisé" de sottises... en me disant qu'il était bien temps que n'otr'curé s'en aille ! Même, que c'était un bon débarras ! Oui, comme j'vous l'dis !... Qu'on n'était plus à l'époque où les curés et les seigneurs menaient tous les gens ; que tout ça, c'était bel et bien fini, puisque on fêtait la Révolution ! Sauf votr'respect,

Angéline, j'y ai crié : « sacrée garce, comme si on n'te connaissait pas ! Fallait donc rester à Paris, avec... On sait ce qu'on sait ! » Elle m'a dit, en riochinant, qu'el'me reverrait autr'part qu'à la messe. J'ai pas compris.

— C'est une pauvr'fill' qui n'a pas eu que d'la gaieté, dans sa jeunesse ! Tu sais bien ? Si seulement, à présent, é' se tenait tranquille, J'crois bien qu'el'mettra la paroisse sens dessus-dessous, comme c'est parti...

Ils demeurent tous les deux, assis devant le feu, à fixer la flamme, tête basse :

— Mon pauvr'Jérémie, quand y'a plus de curé dans une paroisse, on peut s'attendre à toutes les calamités.

Elle élève les mains, les laisse retomber sur ses genoux ; elle secoue la tête, pour ajouter, à mi-voix :

— Et dire qu'on n'aura que deux messes par moi ! Ah, Seigneur, Seigneur !

— Et core... Si ça dure ! gémit le sacristain.

14

La plupart des habitants de Sainte-Apolline, comme leurs voisins de tout le canton, obéissent à une très vieille tradition, qu'ils tiennent de leurs parents et grands-parents, à laquelle ils n'ont jamais failli, même pendant les années de guerre : chaque semaine, hommes et femmes, hiver comme été, de quinze kilomètres à la ronde, vont au marché d'Avranches, où ils ont d'immuables habitudes : leur lieu de stationnement, leur café où ils se retrouvent entre gens du même bord. Ils y sont attendus, presque fêtés. Ils savent manier, à propos, la gaudriole, et mettre toute la salle en gaieté. Blague à part, ils sont là aussi pour aborder, en paix, dans le providentiel brouhaha, les grandes questions du moment, capables de les préoccuper, en compères. Les tractations importantes et confidentielles peuvent se traiter ainsi ; il en est de même, en ce qui concerne les projets de stratégie électorale, lorsque pointe le premier tour des municipales. C'est affaire de discrétion, donc d'efficacité.

Bernard Levert et ses fidèles, en ces jours de campagne électorale, se sont retrouvés au « Café de Normandie ». Le candidat-maire a offert, le premier, la tournée générale. Ils sont six, autour de la table, serrés, au coude à coude, penchés en avant. Il y a là, Albert Rousset, l'adjoint au maire sortant, Jean Tilleul, Marcel Pronier, Bernard Lafue, Jacques Demarre.

Durant une bonne demi-heure, ils devisent avec humeur, comme s'ils voulaient se mettre en train, avant d'en venir aux choses sérieuses. Chacun apporte sa nouvelle, son commentaire et sa plaisanterie. Ils paraissent heureux. Il y a des silences. Tous ont à l'esprit le même sujet. Aucun n'ose encore l'aborder.

Albert Rousset n'y tient plus. A soixante-seize ans, avec Anselme Lenoir, le maire en exercice, il totalise plus de vingt-cinq années de présence au conseil municipal. C'est un grand bonhomme sec et moustachu, qui ne parle et ne sourit guère, avec des sourcils roux et épais, qui lui donnent un air peu avenant. Bernard Levert, depuis longtemps, pour parvenir à ses fins, a appris à ses propres dépens qu'il faut compter avec lui. Il le ménage, et, pour le flatter, lui demande conseil, surtout devant témoins. Albert Rousset, quant à lui, en favorisant la candidature de Bernard Levert, caresse l'espoir d'une décoration : vermeil ou argent. En bon normand, il a conclu le marché : donnant - donnant.

Avec sa cuillère à café, il trace sur le bois de la table des signes cabalistiques. A quoi pensent-ils, tous ? A la commune qui n'a plus que 298 habitants (moins peut-être, au prochain recensement qui va avoir lieu), aux fermes qui n'ont pu trouver de locataires, à la douzaine de maisons vides, dont certaines menacent de tomber en ruines. Mais, voilà, Sainte-Apolline-des-Champs, telle qu'elle se présente existe bien comme les autres communes du département. Et ils ont, chevillée à l'âme, l'illusion de la défendre contre tous ceux qui voudraient l'annexer à une autre pour mieux la rayer de la carte.

— Ouais ! dit Albert Rousset, d'un ton déterminé. C'est pas tout ça. C'est dans peu de temps, à présent... quatre jours, si je compte bien...

Ils se serrent tous, un peu plus, autour de la table, la mine soudain appliquée. Se présenter aux élections est une chose, être élu, une autre. A l'échelle d'un village de 298 habitants, recevoir une « veste », serait, pour chacun d'eux, le pire affront que l'on puisse leur infliger. Six années ne sont pas de trop, pour panser la blessure d'amour-propre, et découvrir les personnes et les raisons qui furent à l'origine d'une pareille honte.

Bernard Lafue, l'infortuné célibataire, qui remplace, sur la future liste, Anselme Lenoir, est conscient du danger qu'il court. Il n'en mène pas large :

— Vous croyez vraiment, Albert, que le général ne va pas... Comment dire ?

— Pardi, ricane le vieux renard de Rousset, te plains pas...

C'est toi qui tiens, comme pour ainsi dire, la place du général, sur notr' liste...

— Je n'dis pas... Mais, tout de même, reprend Bernard Lafue... C'est qu'il me loue un bon morceau de terre... Si jamais...

— De la terre ? dit Jean Tilleul, y'en a plus qu'il t'en faut... Que tu la payes ou non...

— C'est un brin comme moi, intervient Jacques Demarre, le fermier du château... Je prends de gros risques... Qui c'est qui nous dit qu'i va pas me faire des histoires ? M'augmenter...

Un silence.

« Faut dire c'qui est : j'ai des fermages qui sont bien en-dessous des cours... Alors, après... »

— Y'a des lois... Le syndicat, rassure Bernard Levert. Et je connais des gens qui ont le bras long...

— T'as vu son affiche, au général... Y'en a partout, dit le timide Marcel Pronier... Et puis, j'vous prie de croire que c'est bien tourné ! Y'en aura bien qui se laisseront prendre à son sermon... Ça n'est pas un imbécile !

Il reste rêveur.

— Mais... Rien n'empêche que tu votes pour lui, avec ta femme, ta fille, ton gendre, ta belle-mère ! rétorque Bernard Levert, au comble de l'énervement.

Marcel Pronier baisse la tête. Il est devenu cramoisi. Il marmonne :

— Je n'dis pas ça, pardi ! C'est pour parler...

— C'qu'i nous faudrait, dit Jean Tilleul, de sa voix de fausset, c'est que quelqu'un nous tourne un genre d'affiche, pour lui fermer l'bec... Quèque chose de bien balancé... »

Il croise les bras, en se redressant ; un à un, il les regarde tous, avant d'ajouter :

« Moi, je dis et je maintiens, y'a deux cents ans qu'on a fait la révolution. (Vous n'avez qu'à voir : on ne parle que de ça, à la télévision, dans les journaux.) Et, ben, c'est ça qui fait dire aux gens de Sainte-Apolline et d'ailleurs, que c'est bien fini, le temps où le châtelain faisait la pluie et le beau temps. »

Les autres ont écouté, hébétés, devant tant d'audace. Marcel Pronier, approuve, le premier :

— Ça, c'est bien vrai, et c'est bien c'qu'i faut dire. Faut l'écrire. C'est moi qui vous l'dis !

Bernard Levert, en homme prudent, ne prend pas parti. Mais il sait, maintenant, ce qui lui reste à faire. Il dit avec, dans la voix, une espèce d'inquiétude :

— Quatre jours... ça n'est pas bien long !

— Mais vaut beaucoup mieux faire ça, juste la veille, pour qu'il n'ait pas le temps de se retourner, observe Jean Tilleul...

Ils ont, tous les six, chacun à sa manière, de bouche à oreille, fait campagne, en précisant bien qu'ils n'en voulaient aucunement au général : « un bien brave homme, et généreux avec ça, qui n'a pas regret à jeter son argent par les fenêtres, pour appâter les gens... Mais, à cause de cela, un homme dangereux, qui ne connaît absolument rien aux affaires de la commune, un homme prêt à se faire gruger par le premier fonctionnaire venu... Tant et si bien que les impôts augmenteront tant et plus, car les grandes idées coûtent cher ! »...

Les plus malicieux lui ont reproché d'être le « châtelain », un descendant de celui qui habitait le domaine des « Étangs », en 1789. Jean Tilleul, avec tous les moyens que lui permet sa franchise habituelle, a confié à qui pouvait l'entendre, que les temps n'étaient plus à élire des candidats qui n'avaient d'autre mérite que celui d'être les notables de la commune.

— Je n'dis pas non, convient enfin Bernard Levert, qui préfère garder une sage réserve. Faut voir, voilà tout ! Si c'est légal...

— T'as pas à te faire de mauvais sang, susurre Jean Tilleul... S'il a sa veste, au premier tour, il cherchera pas midi à quatorze heures... Et puis, faut dire c'qui est : ça n'est pas un gars à entreprendre un procès. Trop fier !

Albert Rousset approuve, avec de profonds hochements de tête ; il se sent tout émoustillé, à la pensée des résultats. Il claironne, à l'adresse de la serveuse :

— Vous allez nous remettre ça !

Le succès, pour lui, ne fait plus de doute. Il se voit déjà réélu conseiller et, bien sûr, cette fois, maire-adjoint !

15

Ce 12 mars 1989, ont lieu, comme dans tout le pays, les élections municipales. Depuis un mois, des panneaux de bois ont été disposés aux quatre endroits de la commune, prévus pour recevoir l'énoncé des différents programmes, et les listes des candidats. Deux cases se trouvent seulement occupées. Dans l'une, le général de La Vaissière annonce sa décision de se présenter aux suffrages, afin, dit-il : « de mettre au service de la commune les années qui me restent à vivre »... Dans l'autre, la liste (complétée !) des conseillers sortants avec, pour titre, et en guise de profession de foi : « Liste d'union pour la sauvegarde et l'intégrité de Sainte-Apolline-des-Champs ».

De bonne heure, ce dimanche, le bourg s'anime. Le bureau de vote est ouvert à huit heures, au son de la cloche sonnée par Jérémie. La salle de la mairie où il se tient est située au-dessus de l'écolc. On y accède par un escalier extérieur. Il y a, à son centre, l'immense table du conseil et son tapis vert ; aux murs, les portraits des trois derniers présidents de la République, avec, sur la cheminée de faux marbre, le buste de plâtre de Marianne. Deux isoloirs ont été aménagés, à l'entrée.

Parmi les premiers électeurs à se présenter, le général de La Vaissière et son épouse. La mairie-école étant construite à deux cents mètres de l'église, et dominant le bourg, il n'a pas eu, en venant du château, à traverser la place, pour se rendre à l'église ; ce dimanche, la messe n'est pas célébrée à Sainte-Apolline. Son devoir civique accompli, et par souci de discrétion, il repart aux « Étangs », dans sa 605. Il n'aura pas ainsi l'occasion de prendre connaissance du tract qui a été affiché, et jeté aux quatre vents dans le bourg, au cours de la nuit. Le texte est court et habile :

« Chers Concitoyens,

« Nous aimons tous notre petite commune, et nous tenons à ce qu'elle demeure telle que nous l'avons toujours connue, nous qui ne l'avons jamais quittée, nous qui n'avons nullement le goût des grandeurs.

« Ne votez donc pas pour quiconque est considéré comme un notable et qui voudrait ainsi imposer impérieusement ses vues, sans tenir compte de la modicité de nos revenus, ni des avis d'un conseil qui veut, lui, rester républicain.

« Il était opportun et urgent de rappeler cette vérité, surtout en cette année 1989 qui commémore ces valeurs chèrement acquises : la liberté, l'égalité et la fraternité. »

Signé : « Un groupe d'électeurs »

Le général sera le dernier candidat à prendre connaissance de ce texte. Sa servante ira voter vers les dix heures, alors que de petits groupes se forment sur la place, s'arrêtent pour lire, relire et commenter ces papiers jaunes collés à même le mur du cimetière, ou qui volettent sur le bitume.

Lorsqu'elle s'approche, on fait silence, comme si ce genre de libelle la concernait elle-même. Elle lit, à son tour, ne comprend pas. Elle sent ces regards posés sur elle. A la cantonnade, elle perçoit :

— Ça, c'est bien tourné !

Mais aussi :

— Qui c'est qu'ils veulent dire, avec leur liberté et l'égalité ?

— Qui c'est-il qu'a bien pu écrire ça ? Je m'demande.

Alexandre Gavard, l'ennemi juré de Bernard Levert, n'a point peur de proclamer :

— Cherchez pas, la mère ? C'est bien signé ! C'est, ni plus ni moins que des insultes pour le général ! Vous voyez pas ? Une honte !

La servante ouvre tout grands les yeux, pour scruter encore les dix lignes composées en très gros caractères, et y découvrir, en vain, le nom de son maître. Elle monte vers la mairie, en marmonnant :

— Quiconque... Quiconque...

Lorsqu'elle a voté, elle revient sur la place pour un moment déserte, afin de pouvoir trouver à terre un de ces mystérieux papiers. Sa récolte faite, elle respire enfin : elle va pouvoir « le » montrer à « Monsieur » qui saura lui expliquer quel est ce « quiconque ».

Le général de La Vaissière, en prenant connaissance du tract aura un geste désabusé :

— Ma bonne Germaine, ce « quiconque », dont vous vous inquiétez, c'est moi... c'est moi, à ce qu'il paraît, qui veux supprimer la liberté, l'égalité et la fraternité !

Il est resté debout, près de la fenêtre du salon, avec devant lui, la pièce d'eau qui scintille sous le soleil. Il s'est retourné ; il a soupiré :

— Nous verrons bien !

Et Germaine s'est retirée, mains jointes, en murmurant :

— C'est pas Dieu possible !

Mais le scrutin a continué. Il y a une belle affluence, en particulier à l'heure qui aurait dû être celle de la messe. Les hommes se sont retrouvés ensuite chez la mère Lerenard, comme ils le faisaient tous chaque dimanche, même ceux qui n'allaient plus à l'office. La salle a été remplie, vers midi, (à « l'heure officielle »), lorsque Jérémie est allé sonner l'angélus. Il est revenu, trop heureux de retrouver une telle animation.

Il s'installe au bout du banc, près de la porte qui reste grande ouverte. C'est une place commode, pour tout voir et entendre, et ne rien dire. Les commentaires ne roulent pas sur le sujet du jour, par prudence, afin de n'indisposer qui que ce soit. Aucun de ceux qui sont présents n'oserait prononcer le nom du châtelain, pas plus que de celui du propriétaire de la « Herbelière ». On devise gaiement, on rit de quelques sous-entendus de circonstance, mais on a bien soin de cacher l'identité de ses candidats, pour ne se mettre personne à dos, car les blessures d'amour-propre, après les élections, sont les plus longues à se cicatriser.

Il y a des départs, de nouveaux venus. Jérémie fera quatre longs séjours. La mère Lerenard jubile : Ah ! S'il y avait seulement quatre élections par an ! Aux environs de la fermeture du scrutin, presque tous les hommes valides de Sainte-Apolline, quelques femmes et des enfants aussi, commencent à monter la côte, pour se rendre à la mairie. Ils viennent se tasser autour de la table au tapis vert. Le maire sortant, Anselme Lenoir est là, debout, le dos à la cheminée, pour présider le dépouillement. Les scrutateurs, devant leurs grandes feuilles blanches, doivent jouer des coudes, pour repousser les curieux qui les écrasent et cela, dans le plus grand tapage. Lorsque la cloche sonne, annonçant la fin du scrutin, il se fait un silence d'église. Ceux qui n'ont pu pénétrer dans la salle et qui se tassent dans l'escalier, essaient de gravir au moins une marche de plus, afin de mieux suivre le déroulement du dépouillement...

Et les noms vont défiler. Bernard Levert s'est fait discret ; il demeure assis, au bout de la table, bras croisés, faussement indifférent. Ses amis se sont dispersés dans l'assistance. Bientôt, à l'annonce de chaque nom, ils échangent des sourires de connivence, peut-être pour masquer l'inquiétude qui les tient. Le nom de général de La Vaissière sera trente-huit fois cité. Malgré l'éparpillement des voix sur des candidats de fantaisie, c'est la liste de Bernard Levert qui obtient, de justesse, et au premier tour de scrutin, la majorité requise. Le calcul étant fait, la proclamation des résultats déclenche les applaudissements. Pour ne point assister à leur triomphe, ceux qui étaient hostiles à Bernard Levert et à ses amis ont déjà quitté les lieux.

L'heureux élu susurre quelques mots de remerciement, serre les mains qui se tendent dans un bel élan d'unanimité. Le rendez-vous est donné chez la mère Lerenard. Les partisans de Bernard Levert répondront à l'invitation, et Georges Mansart, le garde champêtre qui arbore son képi, Jérémie, et bien d'autres, qui accepteront de boire à la santé de la nouvelle municipalité.

Le général de La Vaissière aura été absent du dépouillement. Le lendemain des élections, il s'éclipsera, pour aller habiter dans son appartement parisien, y demeurer, désormais. On le dira très affecté par « ces pratiques déloyales, indignes d'une démocratie, mais qui expriment bien ce qu'est, dans la réalité, ce monde politique de 1989 : un monde de magouilles ».

Cette même année, il fera, l'été, un court séjour aux « Étangs ». Le dimanche, il participera à la messe, à Avranches, car il s'est bien juré, jusqu'à sa mort, de ne plus reparaître au bourg de Sainte-Apolline-des-Champs.

16

Le dernier dimanche du mois d'avril, l'abbé Pascal est venu célébrer à Sainte-Apolline-des-Champs, comme il le fait maintenant, tous les quinze jours. Il y a presque autant de monde que pour la Toussaint.

Une semaine sur deux, en effet, le bourg se réveille, la grand'messe étant, à présent, avec les inhumations, l'unique occasion de se rassembler. Et les hommes se sont encouragés, les uns les autres, à venir à la messe, afin que le desservant, qui est un prêtre expéditif, ne prenne pas prétexte de leur absence pour supprimer le culte, dans l'église.

Les pratiquants habituels sont donc là, c'est-à-dire la majorité du conseil municipal, qui meuble les stalles. Celle qu'occupait le général de La Vaissière demeure libre. Les femmes et les jeunes enfants sont éparpillés dans la nef, tandis que Julie Vallon, dans le dernier banc, près du portail est à son poste de vigie.

Depuis le nouveau curé, quelques aménagements ont été apportés dans le sanctuaire : un autel provisoire a été dressé, sommaire, au pied du maître-autel et du retable du XVIIIe siècle, pour permettre de célébrer la messe face à l'assistance. La chaire est désormais désaffectée. Pour les lectures, comme pour l'homélie, l'abbé Pascal s'adresse à ses ouailles, du marchepied de l'autel, derrière ce qui fut la table de communion, elle aussi inutilisée.

Il n'y a eu, à vrai dire, nul remue-ménage : les paroissiens ont été presque flattés de connaître, eux aussi, la mise à jour du concile, dont l'ancien curé les avait frustrés. Ils ont donc chanté, avec une certaine fierté, de nouveaux chants. Oui, vraiment, pensent-ils, ils ont maintenant un curé dans le goût du jour, et qui va de l'avant. Pourquoi s'en plaindraient-ils, alors qu'ils gémissent sur l'agonie de leur commune ? Si seulement il pouvait accepter de venir habiter le presbytère, peut-être que bien des choses encore pourraient s'amender ?

Lorsqu'il en vient à présenter la Parole du jour, il explique le verset de l'Évangile : « Si quelqu'un m'aime, il restera fidèle à ma parole »...

Il insiste sur le mot « fidélité », qui sous-tend, dit-il, tous les débats qui ont lieu dans l'Église de notre temps, après le Concile. Et d'insister sur la valeur des décisions prises, même au plan du diocèse et des paroisses qui sont les cellules vivantes de cette église : « quelles que soient les décisions, notre fidélité à cette église sera réelle, dans la mesure où nous les accepterons de plein cœur... »

Mais de tout cet exposé un peu trop théologique, les gens de Sainte-Apolline retiendront, pour la commenter, cette dernière mise en garde qui sonne, pour eux, comme une menace. Après avoir rappelé l'état d'un clergé vieilli, de plus en plus clairsemé, il précise : « Il y a treize paroisses, dans le canton. Avec le départ à la retraite du curé de Mortemare, il ne reste plus que trois prêtres. Il faudra, sans aucun doute, encore, rassembler des communautés et, pour participer à la messe chaque dimanche, consentir à nous rendre dans une autre église que la nôtre ».

Cette conclusion pessimiste ne tombe pas dans l'oreille de sourds. Les hommes, dans le chœur, se regardent en coin, avec d'imperceptibles hochements de tête ; ils ont bien saisi : celui à qui il faut obéir en tant que « successeur des Apôtres », comme s'est plu à le répéter l'abbé Pascal, va supprimer, un de ces jours, le culte dans leur église ; c'est un avertissement sans frais.

A la sortie de la messe, ils n'ont même pas la ressource de se retrouver autour de l'une des deux tables du bistrot. La mère Lerenard, malade, s'est réfugiée chez sa nièce, sans esprit de retour. La semaine même qui a suivi son départ, une pancarte rouge « A VENDRE » a été accrochée à sa porte. Il n'y a donc plus ni café, ni épicerie, à Sainte-Apolline-des-

Champs ! Dans le bourg, trois autres maisons portant la même pancarte, attendent un nouveau propriétaire, depuis des mois.

Ils sont donc une douzaine, sous l'auvent qui abrite le panneau d'affichage communal, autour du maire, lui-même très déconfit. On l'assaille de questions :

— Eh, ben, si ça continue, on va pouvoir mettre aussi l'église à vendre !

— On gardera seulement le cimetière... Ça peut toujours nous servir !

— Plus de café... Plus d'église. C'est du pareil au même, si on peut même plus prendre un verre, en compagnie !

— Bernard, faut faire quèque chose... T'es un gars débrouillard !

Le nouveau maire n'ose pas trop s'engager sur le terrain des promesses et des projets. Il leur explique... Il existe certainement des jeunes qui pourraient remonter le fond de la mère Lerenard. Avec un magasin rajeuni, avec de la marchandise les gens viendraient acheter autant ici qu'ailleurs. Il suffit d'aviser et de trouver l'amateur.

Et déjà, ils s'échauffent, ils imaginent le café rénové, avec un bar, des glaces, comme à Avranches, et leurs deux tables avec des tapis neufs, autour desquelles ils pourront à nouveau se sentir à l'aise, et chez eux.

Un dernier regard de nostalgie vers la porte fermée. Ils s'en vont, en silence, sans se saluer, chacun vers sa voiture. Pour la première fois, ils doivent rappeler les femmes qui bavardent sur la place et dans les allées du cimetière, et qui s'étonnent d'un départ aussi précipité.

17

Jeanne Roulard, la fille de Marcel Pronier, habite « la Martinière », un hameau de trois feux, à cent mètres de la grand'route. Gervais Roulard, son mari, est mécanicien dans un garage d'Avranches. Ils ont deux filles : Gabrielle, onze ans, Céline, dix ans, qui fréquentent l'école de Sainte-Apolline-des-Champs.

Les deux enfants ne donnent guère de satisfaction, en ce qui concerne leur réussite scolaire. L'institutrice a même convoqué la mère, pour lui dire sa déception. Que pourrait-elle faire de plus ? Elle a osé suggérer le recours à un « spécialiste », afin de remédier à un retard aussi caractérisé.

Jeanne Roulard, une grande et maigre femme de trente-cinq ans a très mal pris la chose : pourquoi ses filles seraient-elles plus bêtes que les autres, quc « celle aux Calidon », qui n'a aucun problème, elle ? Si la maîtresse d'école était « capable », elle saurait « instruire convenablement » Gabrielle et Céline, « un point, c'est tout ».

La mère s'est bien gardée de suivre les conseils qui lui étaient donnés ; elle se désole. Qui donc saura apprendre à lire à ses enfants ? Georgette Calidon, sa voisine, ne manque jamais une occasion de vanter l'intelligence de « sa » Juliette qui sera, un jour, institutrice, ou peut-être professeur.

Jeanne Roulard, qui crève de jalousie, ne veut rien entendre, pour n'avoir pas à répondre, par quelque compliment. Elle bouscule ensuite ses filles, ces « foutues bêtes », comme elle dit, qui semblent de plus en plus ahuries, devant l'apparente facilité de leur compagne : elle comprend tout ! Elle récite tout, sans la moindre difficulté !

Ernest Calidon, le père de Juliette, qui ne pèche pas, lui, par excès de subtilité, chante par toute la commune que sa fille, qui est « savante », entrera, avec un an d'avance, au collège du canton : à onze ans ! Alors que la petite Roulard, qui a le même âge, en est encore à épeler ses lettres...

— Ça leur plaît pas, aux Roulard, vu que j'ai été commis chez les parents... I'z'ont engueulé ma femme. Comme si c'était sa faute ! J'y peux rien, moi ! Et j'suis bien content... Ça leur bouchera à tous la goule ! Pensez ! La fille à Calidon, institutrice ! C'est pas Dieu possible !

Et Jeanne Roulard enrage. Elle est venue conter ses malheurs à « la Blancarderie », où habitent les Pronier, ses parents, et Julie Vallon, la « cousine ».

Albertine Pronier, sa mère, gémit avec elle, s'inquiète, pour l'avenir. C'est une grande femme, une force de la nature qui a le verbe haut et entend appeler les choses par leur nom, surtout en l'absence de son homme qui sait, d'un mot, lui clore le bec.

— Calidon ! dit-elle, comme si on ne connaissait pas d'où il sort. Un garnement de l'Assistance ! Ça n'est pas la peine de faire tant de manières ! Dame non ! Et sa femme ? Si Berthe Lafue n'avait pas mis le « oh là ! », elle aurait bien pris la fortune, pour jouer à la dame, en menant par le nez ce pauvr' Bernard, qui n'est pas très futé...

— Sa gamine ne fait que « déganner »[1] les miennes... Tant, qu'el' font plus que de geindre. Elles n'osent plus aller à l'école. Faut que j' les mène, tous les matins, quèques fois avec une trique.

— Ah, ces Calidon ! Tous deux, c'est pas grand chose de rare. Pas étonnant : i sont capables de tout, que j' te dis...

Et Albertine Pronier a un geste de la main, qui veut en dire long. Manches retroussées, la mine allumée, elle se carre devant la fenêtre qui donne sur la maison de Julie Vallon ; elle demeure un moment, pensive, comme hésitante, puis :

— Je serais que toi, j'irais voir la cousine... Elle connaît

[1] Imiter en se moquant.

bien des choses et bien des gens, des gens qui peuvent expliquer bien des manigances, que nous, on comprend pas.

Aussitôt :

— J'vas y aller, décide Jeanne Roulard.

Elle quitte la pièce et part tout droit chez Julie Vallon. Elle est accueillie avec effusion :

— Ça fait un sacré bout de temps que je t'avais pas vue ! J'ai pas grand visites ! Ça va-t-y chez toi ? Et tes filles ?

Un silence. Jeanne Roulard s'assied.

— Vous pouvez bien m'en parler, de mes filles ! La maîtresse d'école est une incapable. Je l'dirai au maire. Et celle à Calidon qui les met sens dessus-dessous, même au catéchisme. Si y'avait que l'catéchisme, j'men ficherais un brin... mais, l'école, ça, c'est une autre affaire !

Julie Vallon se contente de secouer la tête, par simple compassion.

— Calidon ? dit-elle. Personne ne sait d'où il sort, ce gars-là... de l'Assistance, bien sûr. Les « gens »[2] de Joseph l'ont pris à douze ans. Mais personne n'a jamais su qui était son père, pas plus que sa mère. Faut se méfier de ces gars-là ! I sont capables de tout ! De tout !

— C'est c'que maman dit.

— Là, tu vois bien !

Et la « cousine » se rengorge, dans son fauteuil d'osier, consciente de l'importance de ses réflexions. Son visage barbouillé d'un grossier maquillage grimace un sourire.

— A propos, vous croyez qu'y' aurait moyen de faire quèque chose pour mes gamines ? Pasque, ça devient grave ; c'est à s'demander s'i y'a pas quelqu'un qui leur ferait du mal ? Leurs camarades de l'école se fichent d'elles.

Julie Vallon acquiesce, en élevant les bras. Elle en convient : ces Calidon, c'est « le diable et compagnie ».

— Mais, dit-elle, faut être sûr et certain. Mais je n'peux pas rien affirmer... J'ai pas les dons pour ça. Mais je pense qu'en allant voir la « dame de Danneville », tu seras rassurée... Elle te dira tout. Elle te cachera rien ! J'vas lui téléphoner, vu que je la connais bien...

---

[2] Parents.

Jeanne Roulard ne paraît guère enthousiaste :

— Ça nous coûterait dans les combien ? C'est-y sûr, son affaire ?

— Écoute, Jeanne, tu veux ou tu veux pas guérir tes filles ? Trente ou même cinquante mille... après tout, ça n'est pas une somme !

— Bon, puisque vous me l'dites... J'irai la voir. Faut-il lui emmener mes filles ?

— Bien sûr que non ! Ni Joseph non plus... Non, non, toi, toute seule. T'en parleras à personne... Surtout, t'emmèneras toutes les photographies que t'as chez toi, où c'est qu'y'a plusieurs gens ensemble. Ça, c'est très important !

Julie Vallon, de citer les personnes qu'elle a ainsi tirées d'affaire, grâce à cette « dame de Danneville ». Elle l'a connue à Paris. Une « dame » qui a beaucoup voyagé ; elle a vécu au Maroc, en Afrique, chez les Noirs ; elle connaît des secrets qu'elle a recueillis de ces lointains pays. Même, à ce qu'il paraît, elle a introduit, venant du Congo, « un prêtre noir », qui habite quelque part en Bretagne, qu'elle consulte, dans les cas les plus difficiles.

— Un curé noir ? interroge Jeanne Roulard.

Depuis sa communion solennelle, elle n'a jamais remis les pieds dans l'église. L'ancien, le vieux curé le lui a souvent reproché, sans aucun effet. Depuis deux mois, lorsqu'il a fallu les conduire au canton, elle s'est abstenue d'envoyer ses enfants au catéchisme, sans aucun drame de conscience. Plus de curé dans la paroisse, plus de catéchisme.

Elle ira donc consulter la « dame de Danneville », puisqu'il le faut, et seule, sans témoins.

Huit jours après, s'étant munie d'un paquet de photos, qui résume l'histoire de la famille, elle est exacte au rendez-vous. La voyante et désenvoûteuse est vêtue d'une robe de chambre écarlate. Très vite, toute inquiétude disparaît. La « dame » est curieuse de connaître, en détail, tous les aléas de la vie de la famille Roulard, ses amis, ses ennemis possibles, à Sainte-Apolline-des-Champs. Et Jeanne confesse ses innombrables malheurs et ses craintes, car il faut bien, à défaut de remède, trouver des coupables. La « dame » le sait mieux que quiconque ; elle approuve, à larges coups de menton, tout en étalant devant elle, sur la table, les photos, comme autant de pièces à conviction. En s'aidant d'une loupe, elle les examine, une à une, en mettant de côté celles qui, selon elle, peuvent poser question.

Jeanne Roulard lui explique l'identité des visages, et ce qui caractérise chacun des personnages figés sur les clichés...

— Là... C'est ma mère et mon père, à leur mariage... Là, mes deux filles... avec celle à Calidon, à leur première communion... Calidon, c'est notr' voisin...

Un silence, puis :

« Un gars qui n'est pas intéressant »...

En quelques phrases, la famille Calidon est décrite... « La fille, qu'est de l'âge à une des miennes, est une vraie mijaurée. Maligne comme la teigne. La mère vaut guère mieux. Calidon ? Avec un nom comme ça... On sait même pas d'où i sort. Ni père, ni mère ! »

D'un signe, la « dame » impose le silence. Elle se recueille. La tête entre les mains, elle examine une photo qui représente le mariage de Jeanne et de Joseph Roulard.

« Même, continue la consultante, qu'il a été commis chez mes beaux-parents, plus de dix ans. Mais c'était un sournois ! Même qu'ils ont été bien contents, quand il est parti ».

La dame ajuste son pendule.

— Il est là ? Je le sens !

— Pour sûr... Il était là pour le service... avec sa femme !

— Oui, oui... C'est visible... les ondes négatives...

La boule, au bout de la ficelle, prend un mouvement giratoire, à l'extrême droite de la photo, juste au-dessus d'un personnage qui porte le tablier de service.

« Là ! dit la “dame”, péremptoire, en posant l'index sur le portrait de Calidon...

— Ça m'étonne pas, à présent... C'est bien c'que j'pensais... Mais vous en êtes bien certaine ?

— Ma fille... c'est pas moi qui invente la vérité. Dès que j'ai vu la photo, j'ai senti comme une force, en voyant ce bonhomme-là. Je peux pas vous expliquer comment... C'est plus fort que moi... c'est un don, quoi ! Avez-vous vu, par rapport à ce gars-là, ou sa famille, des choses qui vous ont étonnées ? Comment vous dire ?

La consultante désigne, d'un doigt hésitant :

— Ben... Voilà sa femme... sa fille... son gars. (Il a un gars qui doit bien avoir dix-huit ans. Un "feignant" !) Voilà sa gamine. Une peste, celle-là !

— Oui, oui, c'est du tout pareil...

La « dame » fait travailler son pendule, d'un air très appliqué :

— Tous, des ondes négatives... Voyez... Voyez ! Tous, le même mouvement !

— Ma pauvr' femme, si j'vous disais tout c'qu'i nous font endurer ! Leurs manigances !

— Il va falloir vous méfier de toute la famille. Tous vous en veulent. Je ne sais pas encore pourquoi. Surtout, un conseil, qu'ils n'entrent pas chez vous, dans notre maison... Ils y sont trop venus.

— Quand je pense à c'que sa gamine a fait endurer aux miennes !

Et la mère, de raconter en détail, les échecs scolaires des filles, qui sont autant d'infirmités infligées, les « vantardises de celle à Calidon ».

Rien ne peut étonner la « dame » :

— Cette gamine-là, dit-elle, a sans doute marqué vos filles... comme pour les paralyser... On a vu d'autres cas semblables. Croyez-moi, il était temps que l'on arrête tout ça !

Jeanne Roulard reste, un moment, muette de stupéfaction, puis :

— Qui c'est-y qu'i faut qu'on fasse ?

— Ne faites rien ; c'est moi qui vais m'en occuper. Surtout, plus aucun contact avec toute la famille Calidon. Plus aucune rencontre ! Vous savez : une parole... un regard... un seul geste leur suffisent pour vous faire du mal et vous occasionner, après, bien des désagréments. Mais je vais les empêcher de nuire... Et puis, s'il se passait encore autre chose, revenez me voir. J'emploierai les grands moyens ! Mais chaque chose en son temps...

A nouveau, d'un geste, elle impose le silence pour se mettre à prononcer des menaces et des imprécations sur la photo de Calidon, Calidon qui sourit béatement.

« Je le vois déjà souffrir... Je le sens... Et ça n'est pas fini ! »

L'autre, quelque peu ahurie par tout ce manège, regarde, yeux grands ouverts ; elle essaie de percevoir quelques-unes des mystérieuses paroles. Les incantations se prolongent, près d'un quart d'heure ; la désenvoûteuse sue à grosses gouttes ; elle a le visage crispé par l'effort qu'elle semble soutenir contre d'obscures forces. Jeanne Roulard en est toute retournée : vraiment cette femme possède des pouvoirs !

« Je garde cette photo-là ! Elle ne va pas me quitter, jusqu'à ce que le mal soit retourné sur ceux qui vous l'ont envoyé. Vous comprenez ? »

Sans trop de réticence, Jeanne Roulard donne les cinq cents francs demandés.

— Y'a des frais, dit la « dame », et bien des tracas. Ça n'est guère facile ! C'est moi qui vous l'dis. Enfin, faut bien essayer d'aider ses semblables ! Pas vrai ?

La séance de désenvoûtement est achevée. La « dame » se lève ; elle réajuste sur sa robe de chambre la cordelière noire qui lui serre la taille. Le visage impassible, les yeux baissés, elle reconduit sa consultante jusqu'à la porte, sans saluer, ni mot dire. Pas de temps à perdre : au dehors, dans une voiture, une autre femme attend, elle aussi, sa délivrance.

De retour chez elle, Jeanne Roulard qui a repris confiance, se charge de mettre les choses au point et d'obéir aux objurgations de la « dame » : Georgette Calidon qui s'était aventurée, en voisine, à venir faire un brin de causette, est vertement éconduite, le geste joint à la parole :

— Ça n'est plus la peine de venir chez moi, pour nous espionner !

La voisine en reste estomaquée :

— Espionner ? Espionner quoi ? Mais, ma pauvr' fille, tu sais plus c'que tu dis !

— Foutez le camp de chez moi ! Et vite ! Et je n'veux plus vous voir, ni personne de chez vous, dans notr'cour. Ou j'vous mets l'chien au derrière !

— Mais qui c'est-y qui te prend ? T'es devenue folle, ma parole ; y'a pas à dire !

Et Georgette Calidon est bousculée, malmenée.

— J'ai pas d'explications à vous faire, crie, Jeanne Roulard, qui est devenue toute tremblante. Y'a tout à craindre de votr'part !

Georgette Calidon part enfin, d'un pas rapide. Lorsqu'elle s'est réfugiée dans sa cour et qu'elle a refermé la barrière, alors, elle laisse libre cours à sa rage :

— S'pèce de pisseuse ! Tu pourras toujours compter sur moi quand tu voudras un service !

Résonne alors la suprême injure :

— S'pèce de sale « enquéraudeuse ».

Et Jeanne Roulard claque la porte derrière elle. A bon entendeur salut !

18

Les principales voies de Sainte-Apolline-des-Champs se croisent au « Carrefour des quatre vents », à un kilomètre du bourg. Une seule maison y est construite, qui fut, il y a encore à peine un siècle, une auberge de relai. Les nombreux charretiers de jadis y arrêtaient leurs attelages à trois chevaux, pour souffler, le temps aussi de siroter quelques tasses de café, arrosées de plusieurs « demoiselles » de calvados. C'est une époque révolue ; des huit auberges réparties à travers toute la commune, pas une seule ne subsiste, à présent.

Cette maison cossue appartient à Albert Rousset, le maire-adjoint. Il l'habite, depuis sa retraite, depuis dix ans. Il en a fait un poste d'observation. Assis près de la fenêtre, il a tout le loisir d'observer l'arrivée des visiteurs, d'où qu'ils viennent, tous gens désireux de commenter avec lui les dernières nouvelles touchant la commune ou la paroisse, et d'augurer autant de la pluie et du soleil, que de la tournure à venir des affaires municipales. Il faut compter avec lui. Bernard Levert, le maire, n'est pas le dernier à le savoir ; il est parvenu à l'amadouer, au conseil, en lui promettant, dans un court avenir, une décoration, peut-être même la médaille de vermeil du Mérite communal.

Bien calé contre le dossier du banc, au haut de la table, à la place qui est celle du maître, en Cotentin, Albert Rousset, à longueur de journée siège avec tout le sérieux des anciens juges de paix de canton.

Rose, sa femme, souris soumise et bavarde, vit dans son ombre, pour répercuter ses maximes ou ses arrêts... « Comme dit Albert », commence-t-elle, pour élever au rang de vérité universelles les hâbleries de Rousset.

Leur fils unique, Jean, habite la ferme voisine, héritage familial de cinq générations, qui n'a pas subi la suprême injure du partage. C'est une « position » de cent vingt vergées, d'un seul tenant, avec de l'eau partout, qu'il exploite avec sa femme Arlette. Il a aussi, en location, l'ancienne ferme des Malherbe, d'une contenance de quatre-vingt-dix vergées.

Ce matin-là, survient Renée Malherbe, la fille de feu Joseph Malherbe. Elle a cru agir plus efficacement, en s'adressant à Léon Rousset, plutôt qu'à son fils, Jean, qui est mal embouché, brutal et vindicatif.

Elle vit, avec sa mère, dans la maison de l'ancienne ferme. Elle connaît toutes sortes d'ennuis de santé. A cinquante-cinq ans, elle a gardé l'innocence de l'enfance. Elle parle, d'une voix traînante, exténuée :

— C'est la mère qui n'va pas mieux, qui m'a dit de venir vous trouver, vu que vous êtes un homme de bon conseil...

Il l'observe, lèvres serrées. Il a le visage couperosé, une épaisse moustache poivre et sel. Yeux mi-clos, il regarde, de biais, cette « bêtasse », comme il dit, en essayant de comprendre où elle veut en venir.

« Tout ça, continue-t-elle, pour vous dire que faudrait bien que vot'gars, qui m'a core maltraitée, nous donne, au prochain bail, un brin plus, comme fermage... »

L'autre baisse la tête, en faisant la lippe. Il ne dit mot.

« Pardi, n'a-t-il pas soixante vaches, à quèque chose près ? J' les ai comptées. »

Cette fois, Albert Rousset réagit, car il est question de gros sous, maintenant. Bien sûr, la terre des Malherbe est une bonne terre... Mais quant à la payer au prix qu'elle vaut... Il ne se fâche pas ; il explique ; sa voix gronde :

— Soixante vaches ! C'est vite dit ! En a-t-il seulement quarante de bonnes ? Je crois pas. Et avec les malheurs qu'il a eus, l'année passée... Et à cause de quoi ? A cause de qui ? Savoir. Ces jeunes-là, avec leurs assurances, leurs prêts à rembourser... Ces jeunes-là n'ont pas d'argent. Non ! Comme j' te l'dis ! Et les quotas qu'i faut qui payent ? L' gouvernement les étrangle.

Renée Malherbe n'est pas convaincue :

— J'veux bien vous croire... Mais, malgré tout... Quand on voit la belle voiture, qui coûte combien de millions ? Et son tracteur... Et puis la mère n'est pas contente du tout... J'vas vous dire pourquoi...

Va-t-elle aller jusqu'au bout ? Comme l'autre la dévisage, sans nulle aménité, elle détourne le visage, baisse les yeux :

« Oui... On n'a jamais eu une terre aussi mal tenue, qu'é dit... Y'a des ronces qui avancent partout, du chardon et de la "doque" au beau mitan de la terre... et d'la bonne terre ! Les pommiers abattus pourrissent dans l'herbe... Si mon père voyait çà, il en mourrait, un coup de plus... Oh, bien sûr, vous m'dirais, c'est partout pareil... Mais c'est not'terre, voilà tout !

Albert Rousset, d'un geste de la main, efface une grimace de colère :

— Tu n'vas tout de même pas geindre et pieurer devant moi ! Ah, oui, tu peux en parler de ta terre. Ça n'vaut rien ! Mais rien ! Il la loue pour... te rendre service. Si j'étais à la place de mon gars, eh bien, ta terre, j'te la laisserais, ta putain de terre. Tout bonnement ! Tu trouverais pas un imbécile qui te la prendrait, même en lui donnant. De la terre ? Y'en a et y'en aura plus qu'il en faut !

Elle se tient, debout, dans le milieu de la pièce, bras ballants, bouche bée. Elle tremble un peu, tandis que le bonhomme l'apostrophe :

« Ta terre ? Mais Jean, mon gars, i s'en fout, que j'te dis ! Et surtout qu'i ne te donne pas un sou en plus ! Tiens, à propos, tu connais bien "la Sensurrière", qu'était une jolie p'tite position... Eh bien, les propriétaires, qui sont à Paris, n'ont pas trouvé preneur... T'as vu à présent ? Y'a plus de couverture... Dans deux ans, ça s'ra un tas de cailloux. Et sur les trente vergées, i mettront du gibier... Et, avant dix ans, ça sera du pareil au même, pour la moitié d'la terre dans la commune.

Et il secoue la tête, comme un vieil âne, en signe de triomphe, car il a su (il en est persuadé) clouer le bec à cette péronnelle qui a osé revendiquer des droits, devant lui ! La pauvre Renée affiche un air pitoyable. Elle avait tant redouté cette entrevue avec ce "vieux saltimbanque", comme dit Joséphine Malherbe, qui a été élevée près de lui. Elle est sur le point de s'excuser, car il ne serait pas souhaitable, pour elle, de se mettre à dos Albert Rousset. Il se radoucit, soudain, sûr d'avoir été compris :

— Non... Ton père et moi, on était camarades de communion... Par amitié pour toi, je dois t'dire, qu'à ta place, je vendrais ma terre. Ça n' te rapporte pas 2 % ; deux fois moins que le livret de Caisse d'épargne. Une misère ! Tandis que ta terre, le gars la paierait un prix convenable. Ça vous f' rait, à ta mère et à toi, de l'argent... Après tout, tu n'as pas d'enfants, à c'que j'crois ?

Il rit grassement, en imaginant la possible progéniture de Renée Malherbe. Elle ose encore objecter :

— La mère dit que ça n' vaut sou, la terre... Ah, ç'aurait été, y'a vingt ans...

Il ne fait que surenchérir sur cette évidence :

— C'est c'que j' te disais. Tu vois bien ! Tout ça, c'est d' la faute au gouvernement qui n'aime pas les cultivateurs... Et des cultivateurs, y'en n'aura pas longtemps, à ce train-là ! Faudrait aller casser les carreaux à Mitterrand, que j'dis ! A ta place, je resterais pas à Sainte-Apolline. Y'aura plus rien de rien, et dans peu de temps ! Ta mère, un de ces jours, va rester grabataire... Où c'est-i que tu trouveras t'chéqu'un pour t'aider à la soigner... Tu n'as qu'à voir, tous les vieux, i s'en vont à Avranches, ou au canton... C'est pour avoir de l'assistance.

— La mère veut pas entendre parler de partir... La mère veut mourir à Sainte-Apolline, comme sa mère, et sa grand' mère... Je n'peux pas lui faire comprendre...

Renée Malherbe se tait ; elle hésite ; et avec un tremblement dans la voix :

— Moi... J'sais bien que j' voudrais m'en aller... Je n'veux pas mourir dans ce pays ! Non ! J'voudrais pas !

Elle fait trois pas vers la cheminée où est demeurée Rose Rousset, comme si elle voulait lui confier, ce qui demeure pour elle, une affaire de femme :

— J'suis malade... J'suis prise par moments d'élancements dans tout l'corps, la nuit surtout... Tout m' tourne dans la tête. Ça m'prend dans le dos... dans le ventre, à n'pas pouvoir rester debout. J' vois comme de mauvaises gens, comme des diables, qui m'arrachent les entrailles. A ne pas croire ! Et puis ça secoue, dans la maison... Comme s'i y'avait t'chéqu'un de « muchi »[1] sous mon lit... Oui, t'chéqu'un !

Albert Rousset qui l'a suivie des yeux, approuve, avec de grands gestes :

— T'chéqu'un ? Tu n' saurais pas mieux dire ! Il se rembrunit, caresse sa moustache, car il va révéler une étonnante vérité :

« A présent, rien n'est plus comme avant... Dame, faut savoir se défendre... Tu n'as pas fini d'en voir, de toutes les sortes ! »

Et dans un coup de gueule, qui la fait blémir :

« Et le pays te sera malsain... C'est c'qu'on a dit... Y'en aura, pour te chercher des misères ! »

— Allons, Albert ! s'interpose Rose. Tu vois bien que tu la mets sens d'sus d'sous ! T'en fais pas, Renée, c'est des menteries... I veut dire qu'i y'en aurait, dans la commune, qui t'enverraient du mal. Qui ? Par exemple ?

— Qui ça ? gémit Renée Malherbe. Qui ça ?

— Tu sauras, sous peu, dit Albert Rousset qui s'est levé... Pou tout t'dire : un gars qu'est peut-être pas très loin de chez toi... Mais, sûr et certain, il est bien capable encore de te jouer de bien vilains tours ! Soit dit entre nous... et par amitié.

Il s'approche d'elle, et nez à nez, il fait une vilaine grimace, qui découvre ses dents jaunes de mauvais chien, un bras levé, en signe de menace ou de suprême mise en garde.

Elle recule, jusqu'à la porte. Elle s'enfuit, les mains plaquées sur le visage.

---

[1] Caché.

19

Le reste de la journée, elle s'est enfermée dans sa chambre, à guetter chaque bruit. Elle ne fermera pas l'œil, de toute la nuit.

Le lendemain, sur le conseil de sa mère, elle est allée, « en se promenant », chez Julie Vallon, la seule qui puisse lui expliquer la raison ou l'origine de ses malaises, en lui indiquant un possible remède. Joséphine Malherbe lui a dit :

— Va donc trouver Julie, de ma part... Du côté de son grand-père et du mien, on est un brin cousins. Et puis... vaut mieux être bien avec elle... C'est une femme qui peut tout... pour le bien, comme pour le mal.

Et Renée est partie, avec un peu d'inquiétude : Julie Vallon n'est pas toujours de belle humeur ; elle a ses têtes, ses jours, et ne mâche pas ses mots, lorsqu'une visite lui déplaît.

Derrière sa vitre, Albert Rousset a vu passer sa visiteuse de la veille ; il la suit, des yeux, en levant le rideau, jusqu'à ce qu'il se soit assuré qu'elle va bien tout droit chez Julie Vallon.

Celle-ci se trouve dans le jardinet attenant à sa maison, occupée à soigner ses rosiers. C'est elle-même qui interpelle Renée Malherbe, dès qu'elle l'aperçoit sur la route :

— Alors, te v' la, Renée ?

— Me v' la, Julie...

Julie l'accueille et l'embrasse :

— C'est vraiment de la sécheresse ! Tout est sec ! Et on est au mois de mai. On n' voyait pas ça, y'a vingt ans. Que veux-tu, à présent, rien ne marche plus, à l'heure qu'il est. Mais entre donc, ma fille !

A l'intérieur, elles s'installent, Julie Vallon, comme il se doit, près de la fenêtre, Renée Malherbe, devant elle, mais sur une chaise plus basse, ce qui l'oblige à dresser la tête.

— Ta mère ? interroge Julie. C'est toujours pareil ?

— C'est dans les jambes, que ça la prend... Mais, pour moi, c'est encore bien pire ! Si vous saviez !

Et Renée Malherbe rapporte, en détail, tous les désagréments qui sont les siens, depuis quelque temps surtout, la rencontre, la veille, avec Albert Rousset...

« Albert m'a tout bonnement fait peur, avec toutes ses simagrées et sa manière de dire... Pensez ! Un gars qui serait pas loin de chez nous ! J'n'ai fait que penser à ça, toute la nuit durant ! Qui c'est qu'i faut croire, ou ne pas croire ? »

Julie Vallon soupire, d'un air détaché :

— Ah, bon, toi aussi... Mais c'est une maladie, dans la commune, alors ? Ah, la, la, ma pauvr' fille ! C'est donc vrai ! Toi aussi ! C'est le commencement !

Elle lui prend les mains, la regarde, un long moment, avec une commisération exagérée. Puis :

« Tu vois, je m'en doutais ! Oui, oui. Quèque chose me disait qu'il n'allait pas s'arrêter là, après avoir nui à ces pauvres Roulard... »

Elle secoue la tête, en silence, afin de donner plus d'importance à ses paroles. Renée Malherbe fixe sur elle un regard de chien battu...

— Qui c'est qu'i arrive aux Roulard ?

— Oh ! Rien de bon... Les gamines sont vraiment chamboulées... Tout leur tombe... Le médecin ne leur voit rien... Et pourtant, tout va mal. Mais y'a une chose qu'est certaine : c'est que tout va s'arranger, bientôt. Dieu, merci !

Une pause

« Y'a des personnes qui sont capables d'empêcher de nuire les mauvaises gens ».

— C'est-il vrai, seulement ?

— J'en connaîtrais bien une, qui n'a peur de personne. Et

pour cause, puisqu'elle sait « renvier »[1] le mal à ceux qui vous en font...

— Et pour moi, par exemple, vous n'croyez pas que ça pourrait être t'chéqu'un qui m' veut du mal ?

— Écoute-moi bien... T'aurais pas eu des mots, avec l'un ou l'autre, dans notr'coin ? Enfin, t'chéqu'un qui te connaît et qui te connaît bien ? Un voisin... Qui sait ?

— Ah ! que j' voudrais bien qu'on me tire mon mal ! Mais qui ? Qui ?

— Dame, dit Julie Vallon, c'est une autre affaire !

Elle paraît chercher dans sa tête :

« Qui ? Je saurais pas te dire...Y'a des... comme qui dirait des « spécialistes ». Dame, ça te coûtera quèques sous. Mais c'est comme ça que tu pourras t'en tirer. Y'a pas d'autre moyen. Écoute-moi bien : j' vas téléphoner, à c'soir, pour que tu aies un rendez-vous, comme chez l'médecin. J'm'en arrange. Reviens me voir, en fin de relevée...

— Vous pensez vraiment que... l'diable s'rait de la partie ?

Julie Vallon se renverse dans son fauteuil, pour dire, d'un ton sentencieux :

— Ma fille, c'est pas moi qui peux te dire ça... Mais la dame de Danneville saura bien, elle !

[1] Renvoyer.

20

Bernard Levert, le maire, a tenu parole ; il n'est pas resté les pieds dans le même sabot : le café-épicerie de la mère Lerenard a trouvé preneur. Impensable, mais vrai !

Franck et Laure Fauvel, trente ans chacun, ont des origines normandes : leurs grands-parents ont vécu et sont morts dans l'Avranchin ; eux-mêmes sont venus, depuis plusieurs années, passer leurs vacances dans la région, sont repartis, chaque fois, la mort dans l'âme, à la pensée de retrouver leur chaîne quotidienne : boulot, métro, dodo. En un mot, comme en mille, ils ont contracté le mal d'un pays qu'ils considèrent comme leur pays, et où ils veulent s'enraciner, d'une manière définitive, encouragés en cela par Bernard Levert qui a su leur faire miroiter un avenir tout en rose...

— Vous n'aurez pas de concurrent, à moins de cinq kilomètres, et près de chez vous, y'a quatre communes démunies de tout commerce. Dame, il suffira de moderniser un brin l'épicerie, d'y mettre des marchandises. Surtout, faudra transformer le café... comme une sorte de bar, avec des petites tables. Je m'arrangerai avec la mère Lerenard, pour qu'elle vous fasse un prix, pour la location. Et puis, faut que j' vous dise : le conseil municipal est là pour vous soutenir. Et aussi tous les gens de Sainte-Apolline qui sont tous intéressés et veulent un magasin sur place, bien achalandé, pour ne pas avoir à aller faire leurs commissions à Avranches ou au canton. Vous verrez, vous n'aurez pas à regretter votr' banlieue d'Paris... pasque, chez nous, y'a du bon air ; et puis c'est le calme. Et la mer est à six kilomètres, pour aller à la pêche, quand ça vous chantera. Vous serez vos maîtres... Vous serez des coqs en pâte, pardi !

Franck et Laure Fauvel n'ont pas d'enfants ; ils possèdent quelques économies : de quoi payer comptant la transformation de leur commerce. Ils ont hésité, l'espace de quinze jours.

Ils sont revenus, au bout de ce laps de temps, à Sainte-Apolline-des-Champs, pour signer le bail avec la mère Lerenard, qui était radieuse, même si elle devait se contenter d'un loyer, au lieu du prix de vente espéré.

La restauration et l'aménagement du café-épicerie, devenu bar-épicerie chez « Franck et Laure », demanderont seulement un mois.

Et c'est l'ouverture officielle du nouveau commerce de la commune. Ce dimanche-là, il se trouve qu'il y a messe à Sainte-Apolline. L'abbé Pascal, le desservant, a été invité à venir prendre le verre de l'amitié. Il pourra ainsi constater que si la paroisse donne des signes d'affaiblissement, la commune, elle, n'est pas décidée à mourir.

Pour cette inauguration, beaucoup de curieux qui ne fréquentent pas l'église, sont là. On se tasse dans la salle et dans le magasin d'épicerie. Cinq tables-guéridon remplacent les deux tables de ferme ; même, un bar rudimentaire a été installé ; les murs sont repeints de couleurs criardes. Les nouveaux rayons de l'épicerie regorgent de marchandises. Il y a une caisse enregistreuse, comme dans les supermarchés ; le magasin lui-même a doublé de surface, en lui adjoignant l'ancienne arrière-boutique. Des femmes s'y bousculent pour choisir toutes sortes de denrées qu'elles n'avaient jamais achetées à Sainte-Apolline. Et Laure Fauvel fait chanter le timbre de la caisse enregistreuse.

Bernard Levert rit de cette affluence. Il s'est glissé derrière le bar, près du patron ; il se dresse sur la pointe des pieds ; il cherche dans la cohue ceux qu'il a spécialement conviés : les correspondants d'*Ouest-France* et de *La Manche-libre*. Cet événement local ne peut être ignoré du reste de la région ; il doit être répercuté dans la presse avec, autant que possible, des photos... des photos qui forceront les lecteurs à constater la preuve d'un certain renouveau, dans la commune.

Lorsque le maire aperçoit les deux journalistes, il a un

magnifique geste d'accueil. Et, tout aussitôt, il sort de sa poche un papier. Il a tenu à préparer deux mots de circonstance. Il demande le silence.

« Chers Amis »,

« Oui, nous vivons un grand jour. Nous avions vu notre unique commerce fermer, et ainsi, nous nous demandions ce qu'allait devenir notre cher petit bourg. Tant d'autres, autour de nous, sont sur le point de disparaître, après avoir perdu presque tous leurs habitants ».

« Eh bien, non ! Sainte-Apolline-des-Champs ne subira pas ce triste sort ! Deux jeunes sont revenus dans le pays de leurs grands-parents.

« Il nous fallait ces jeunes ; nous les avons, nous ne sommes pas décidés à les laisser partir. Ils sont là. Et nous saurons les entourer de notre confiance ; nous les soutiendrons, en devenant et en restant leurs clients fidèles.

« M. et Mme Fauvel, vous êtes les citoyens d'honneur de notre petite cité de Sainte-Apolline-des-Champs. »

On applaudit ; Bernard Levert prend la pose de circonstance : il se met à serrer longuement les mains de Franck et Laure Fauvel, sous les éclairs des flashs. Les verres alignés sur le bar sont remplis de vin blanc. Le maire lui-même les distribue, dans la joie générale.

Les jours qui suivent, dans les pages locales, *Ouest-France* titre : « Sainte-Apolline-des-Champs ouvre un nouveau café-épicerie » ; *La Manche-Libre* : « Le bourg de Sainte-Apolline-des-Champs revit ». Et sous l'une des photos, la légende : « Monsieur Bernard Levert : un maire heureux » ; et sous l'autre photo : « Le maire entouré des nouveaux commerçants ».

De cette journée et de son compte-rendu dans la presse, on en parlera longuement à la réunion du conseil municipal, quinze jours après l'événement. Et ce sera pour féliciter le maire.

21

Grâce à Julie Vallon, Renée Malherbe a obtenu son rendez-vous. Un taxi est venu la prendre chez elle, pour la conduire chez la « dame de Danneville », où elle pourra aussi rencontrer un « prêtre noir », si cela s'avère nécessaire. Sa mère a refusé de l'accompagner, par une sorte de crainte. Julie Vallon, pour lui faciliter le contact, a donné, comme elle l'a promis, tous les renseignements sur les maux dont elle souffre. Et Renée Malherbe lui en a été très reconnaissante :

— Je n'saurais même point lui dire c'que je sens...

— Tu n'as pas à t'en faire... Je lui ai tout expliqué, ma pauv' fille. Sois bien tranquille, à présent...

Et Julie Vallon lui a décrit, en détail, cette « dame » si bonne, qui a déjà porté secours à tant de ses semblables.

Renée Malherbe en a éprouvé un grand soulagement. Et lorsqu'elle se trouve en sa présence, elle ne ressent aucune gêne ; elle n'a rien à lui apprendre. Elle se tasse sur sa chaise, les épaules basses, devant la table de la salle à manger Henri II, mains jointes sur les genoux, et serrant sous son bras son sac à main, yeux baissés, dans la plus humble contenance. Elle attend.

La « dame » étale des cartes à jouer, les fait luire dans la lumière de la lampe à suspension, les pose, une à une, sur le tapis, en éventail. Puis, elle demeure les deux mains levées, dans l'expectative. Ensuite, avec rapidité, en posant l'index sur chaque carte, elle décrit, d'un mot, d'une courte phrase, les personnages qui sont de nature à hanter l'existence de sa consultante...

— Oui, un homme... Dans la cinquantaine... Sa femme aussi... qui sont en cause, dans votre cas... Des gens qui ont déjà fait bien du mal dans votre village... Pas loin de chez vous... Pas vrai ?

Renée Malherbe se penche sur la table, vers la voyante, comme si elle essayait, elle-même, de découvrir l'origine de ses maux. Elle ose faire entendre sa voix :

— Y'a p't'être ben un brin de vrai, dans c'que vous dites. Mais comment pourraient-ils bien me maléficier ? Vu que Calidon et sa femme, ne sont jamais rentrés chez nous... Du moins, à ma connaissance... Y peuvent très bien avoir entré, sans que...

La dame ne présente nulle réaction. Elle ferme les yeux :

— Et tous les ennuis que vous avez... Ce... Cet homme que vous connaissez très bien, vous a complètement pris dans ses filets, par des conjurations, et d'autres maléfices... Et, chaque fois qu'il le voudra, vous ressentirez des malaises... Et tout ce qui s'en suit... Des douleurs... Et ça n'est pas fini, si vous ne prenez pas les moyens qu'il faut prendre pour vous libérer... J'ai très bien vu, j'ai senti, dès que vous êtes entrée ici, tout le mal qu'on vous faisait porter...

— Mais, madame, j'suis justement arrivée chez vous, pour que vous me tiriez tout ce mal-là, gémit Renée Malherbe... Ça me prend, aussi bien, la nuit que le jour. Et je n'sais plus comment que j'suis... Tenez, des fois, dans le tour de la tête... Comme si la tête me tournait sur le corps, comme une toupie... Ma mère dit que j'suis comme une vraie folle... Et j'crois, que la nuit, c'est core pire que le jour...

Elle pleure, à petits coups :

« Qui c'est-i qui pourra me sortir de là ? »

La dame laisse s'écouler un long silence, le regard au plafond. Elle prend le temps d'allumer une Gitane, de tirer de lentes bouffées. Elle observe, de biais, sa cliente. Elle a un bon sourire de compassion :

— Bon... Eh, bien, je vous ai dit l'origine de votre mal... Il reste, maintenant, à vous en sortir... Ce qu'il faut, c'est quelqu'un capable de conjurer le mauvais sort qu'on vous a jeté...

Ah, dame, oui !

— Un homme... Mais je vais vous expliquer... Il faut surtout pas vous affoler... Écoutez-moi bien...

Elle se lève, pour approcher sa chaise près de celle de Renée Malherbe :

« Voilà... Comme vous savez, c'est en Afrique qu'il y a le plus d'envoûtements... Des sorciers très puissants qui vont jusqu'à maléficier à mort. Heureusement, à côté, il y a des hommes de prière, plus puissants encore qui s'opposent à eux et mettent au pas ces mauvaises gens... On leur donne différents noms... Certains, ont été appelés en France... Ce sont des marabouts... »

Devant la mine effarée de sa cliente, elle précise, en lui posant la main sur l'épaule :

« Non, n'ayez pas peur... Il faut vous rassurer... Les marabouts c'est, comme qui dirait, des prêtres noirs qui ont le secret de prières bien plus puissantes que celles de nos curés. (Des curés qui, entre parenthèses, ne sont capables de rien pour ces choses-là !) Oui, et ces marabouts, il y en a en France. De plus en plus de gens demandent leur aide, dans bien des cas. Des bienfaiteurs de l'humanité, que j'vous dis !

— Ça coûte t-y cher... ces gars-là ?

— Celui que je connais est ici, aujourd'hui. Oh, dame, ça n'est pas les rendez-vous qui lui manquent ! Mais il essaie d'aller, dans la région, là où les gens ont besoin de lui. Il a plus de travail qu'il peut en faire. Il vient chez moi, tous les quinze jours, pour rendre service à ceux qui le demandent. Aujourd'hui, il a plus de dix personnes à recevoir... C'est vous dire...

— Ah, bon...

— Mais je vais lui expliquer vos problèmes et lui demander de rejeter les sorts qu'on vous a jetés... Un tout petit instant...

Elle quitte la pièce. On entend des portes s'ouvrir, se refermer. Renée Malherbe soupire ; elle commence à reprendre espoir ; elle inspecte la salle, du regard, sans pour autant quitter son humble contenance. Elle fouille dans son sac à main. La « dame » reparaît, tout sourire :

— Voilà... Oui, il accepte... Il va vous recevoir...

Un instant d'hésitation, puis :

« Évidemment... Ce genre de consultation et de prières

demandent un certain prix... Si vous voulez être complètement libérée...

— Oh, mais... J'pense bien ! J'suis prête à payer le prix qu'il faut payer... Comme de juste... Ça m'coûtera dans les combien ?

La dame minaude, se trémousse :

— Ma consultation ? Deux cents francs ! Pour ce qui concerne la séance de désenvoûtement... cent mille... en anciens francs. Vous comprenez... Ça demande beaucoup de frais... et de tracas... si vous saviez !...

Renée Malherbe, qui tenait dans sa main une double liasse, ramasse les billets dans son sac, comme si, subitement, elle éprouvait quelque doute, quelque hésitation.

« Bien sûr... Vous êtes totalement libre de ne pas accepter... qu'on vous libère de tous vos malheurs... Abdalah Emezir a déjà trop de rendez-vous.

— Bien sûr que si ! J'veux qu'on me tire mon mal... Et j'paierai, ma foi, c'que vous demandez...

— Eh bien, vous allez me suivre... Surtout, n'ayez aucune crainte. Le prêtre noir n'est pas très causant...

Renée Malherbe, docile, suit la « dame » traverse deux pièces, monte un escalier, se trouve devant une porte, sur le palier. La « dame » frappe. Une voix, de l'intérieur :

— Entr'ez !

La « dame » s'efface pour laisser entrer, seule, sa consultante. La porte s'est refermée. La pièce est dénudée ; sur les murs, le papier tapisserie tombe en lambeaux. Une table basse, encombrée de minuscules vases, de plantes desséchées, d'objets bizarres, est installée au centre de la chambre. De l'autre côté de la table, une sorte de divan, de matelas posé à même le plancher, sur lequel, un petit homme noir et grassouillet, portant turban, est assis en tailleur, enveloppé dans un burnous bleu brodé d'or, et qui égrenne ostensiblement une sorte de chapelet de grosses perles blanches.

Il se met à remuer des poudres multicolores, il allume des bâtonnets d'encens... Toute une liturgie qui n'est pas sans inquiéter un peu Renée Malherbe.

Elle est statufiée. Elle étreint son sac à main sur sa poitrine et n'ose plus seulement respirer : ce « prêtre noir » l'effraie, autant par son silence, que par ses gestes. Soudain :

— J'ai pou' toi ce qu'i te faut... Tou vois... Ji tr'availl'...

Il lui explique, rites à l'appui, le sens de son étrange cuisine, les difficultés, les tracas qu'il aura pour arriver à ses fins : maîtriser celui qui eu un mauvais œil sur elle... Et des malheurs, il lui en arrivera, à celui-là ! Tant et plus ! Il n'y a pas d'autre moyen efficace de s'y prendre avec ce « mauvais homme », dit-il, avec un accent qu'elle n'a jamais entendu, et des paroles inconnues, une sorte de patois de son pays, sans doute.

Il brûle une poudre ; une flamme bleue jaillit, de la fumée. Il rit, en regardant les volutes s'élever :

— Rega'de ! Rega'de ! Ça va ! Ça va bien ! Très bien ! Tu seras exaucée. Je le punis !

Il plie trois petits bouts de papier, sur lesquels, avec un pinceau, il a écrit des signes mystérieux, d'une main lente et appliquée, et le visage crispé par l'effort... Ces bouts de papier, il les glisse dans un sachet de cuir, qu'il ferme avec un lacet. Et il parle, en se balançant, une drôle de langue, qui n'est pas celle que l'on chantait aux offices de Sainte-Apolline, jadis, avant la venue du nouveau curé.

Elle a bien de la peine à reprendre son souffle, dans cette atmosphère enfumée. Elle est toute pâle. Elle n'ose remuer un pied, car elle est restée debout, devant le petit homme accroupi. Elle se penche pourtant, pour dire, à mi-voix :

— Mais... moussieu... l'curé... enfin, moussieu l'prêtre noir... Et mon mal, dans tout ça ?

Le bonhomme semble courroucé ; il relève la tête, regarde fixement sa cliente, l'air étonné. Puis souriant :

— Je t'ai dit, madame, qué tout ça s'arranger... Pou toi ; pas pou lui ! Ne boug'pas, madame...

Il se lève, contourne la table, et, mains tendues, va se poster derrière elle, pour lui effleurer les épaules. Elle a un mouvement convulsif.

« Ni bouge pas ! Il faut que les mauvais esprits... Je les chasse... »

Elle roule des yeux effarés. Des gouttes de sueur perlent sur son front. Elle demeure figée, et courbe l'échine. Elle l'entend ronronner une sorte de mélopée, dont les paroles lui paraissent incohérentes. Cela dure une bonne dizaine de minutes. Elle n'en peut plus. Mais que n'endurerait-elle pas, pour être enfin délivrée des maux qui l'accablent !

« Ti vas voir, dit-il... Ça va beaucoup mieux changer, pour toi... Ji te le dis... passeque je li veux... Ji suis fatigué... Mais, maintinant, ti peux t'en aller...

Et comme elle reste immobile, il ouvre la porte et, doucement, la pousse dehors. La « dame » l'attendait sur le palier. Dernière station, dans la salle à manger, où vont être réglés les deux honoraires, soit la somme totale de cent vingt mille anciens francs.

Renée Malherbe ouvre son sac, en retire les deux liasses de billets bien rangés. Elle en compte douze, et les tend à la dame. Le taxi attend, dehors.

22

A deux cents mètres du bourg, l'école de Sainte-Apolline-des-Champs, sur son côteau, paraît dominer même le clocher. Elle a été construite, il y a environ un siècle, au temps de Jules Ferry, où la commune comptait alors trois fois plus d'habitants. Aujourd'hui, il n'y a qu'une seule classe, avec treize enfants, qui est le chiffre minimum pour que reste ouverte cette classe unique. S'il n'y a pas de nouvelles inscriptions, à la prochaine rentrée, avec le départ des 6e, l'école fermera, et les enfants devront émigrer, par un ramassage, dans l'une ou l'autre commune la plus proche pourvu qu'elle ait encore une école. Cette perspective pèse, comme une menace, sur Sainte-Apolline. Le nouveau maire n'est pas le dernier à s'en préoccuper. Il a promis à ses administrés de leur conserver leur école. Mais il n'a pas voulu dévoiler ses projets. Autant qu'il le peut, il encourage l'institutrice, en la comblant de prévenances. Madame Level est une jeune femme de trente-quatre ans, dont la plupart des parents apprécient la qualité de l'enseignement. Depuis son élection, Bernard Levert a fait repeindre la classe, installer le téléphone dans l'appartement de fonction qui, lui aussi a été rénové. D'autres embellissements souhaités doivent intervenir. Tout cela, afin que l'école soit suffisamment fréquentée et attrayante, pour demeurer.

Madame Level n'est pas insensible à toutes ces attentions. Et si elle n'a aucune satisfaction avec les filles de Jeanne Roulard : Gabrielle et Céline, qui ont un « quotient intellectuel » au-dessous de la moyenne, elle est, dans l'ensemble, heureuse d'enseigner à Sainte-Apolline, et décidée d'y rester, autant que le voudra l'inspecteur d'académie.

Depuis quelque temps, cependant, elle a remarqué un changement de comportement chez ses élèves. Les récréations qui étaient, jusque-là, paisibles et joyeuses, sont troublées, à présent, par des chamailleries, surtout entre les filles. D'abord, elle n'a pas très bien compris l'origine de ces querelles, de ces algarades, au sujet de Juliette Calidon.

C'est une gamine très éveillée, qui dépasse, en intelligence, les camarades de son âge... Elle entrera au C.E.G., avec un an d'avance. Ce qui ne va pas sans jalousies, de la part des autres élèves beaucoup moins favorisées, et qui peinent, pour suivre le programme normal.

Madame Level le sait, se garde bien de vanter ses réelles qualités et son aptitude à suivre de brillantes études secondaires, ou de se mêler des querelles dont l'enfant semble être l'objet. C'est elle-même qui est venue se plaindre, en pleurs :

— Elles veulent plus jouer avec moi, parce qu'elles disent que mes parents font du mal aux gens... C'est Gabrielle Roulard qui dit ça... Les autres le répètent. Elles m'appellent, maintenant, « la sorcière » ; les garçons aussi. Elles m'ont dit qu'elles joueraient plus jamais avec moi, et que leur mère leur avait interdit de me parler...

L'institutrice ne se laisse pas intimider par de telles menées. C'est Jeanne Roulard qui a prononcé cette interdiction, depuis sa visite à la « dame de Danneville ».

Mais madame Level ne sait pas alors l'origine et la cause de cette véritable conjuration. A défaut de remède, on cherche des coupables : Ernest Calidon, à ce train-là, va devenir le bouc émissaire de la commune : la cause de tous les maux.

Toujours est-il que ce jour-là, à la rentrée en classe, après la récréation, et méprisant toutes les condamnations maternelles, l'institutrice se charge de remettre les pendules à l'heure, en rappelant les grands principes de la vie en commun. Elle en profite pour développer une mise en garde contre tout racisme, en adaptant au niveau de ses élèves, ce qu'on entend, de tout temps, par la « chasse aux sorcières »...

— C'est une façon, dit-elle, de punir des innocents, par intérêt personnel, par bêtise, et par esprit de vengeance. Si l'on commence à l'âge de l'école primaire, à rejeter de nos jeux une camarade, quand nous serons plus grands, ce sera pour pousser des gens au désespoir, des gens sans défense. Jadis, on a brûlé des sorcières, qui étaient, le plus souvent, des femmes innocentes, pour s'en débarrasser, parce qu'on voulait les rendre coupables de malheurs qu'on ne savait pas expliquer. Et si la chasse aux sorcières existe toujours dans le monde, pour condamner des gens gênants, je ne veux pas la voir se développer à l'école...

Elle continue de citer des exemples, à l'appui de sa démonstration.

« A l'école, on doit apprendre à vivre en paix avec tous, comme on apprend à lire et à compter. Je serai sévère, et je punirai ceux et celles qui s'en prendraient à Juliette Calidon, pour l'insulter en la traitant de sorcière, et même si leurs parents les encouragent. »

Et la classe reprend, dans le plus grand calme. La dernière récréation de la journée se passera sans le moindre incident. Mais tous les autres enfants laisseront Juliette Calidon, dans son coin.

Le lendemain matin, à l'heure de la rentrée, Gabrielle et Céline Roulard, Sabrina Lajoie et Jeanine Gilet arriveront en compagnie de leur mère. C'est Jeanne Roulard qui entre, la première, dans la salle de classe. Madame Level est occupée à écrire au tableau ; elle leur tourne le dos. Les deux autres femmes ont suivi, mais restent en retrait, près de la porte. Elles sont venues, à contre-cœur, avec, en arrière-pensée, la crainte que leur démarche soit préjudiciable à leurs filles. L'institutrice les aperçoit, se retourne, une craie à la main, souriante. C'est une grande et jolie femme brune, qui respire la santé et la joie de vivre, et qu'une semblable visite n'est pas de nature à émouvoir :

— Bonjour, mesdames...

Jeanne Roulard esquive toute amabilité qui n'est pas de saison. Elle va tout droit au fait :

— Je viens vous voir au sujet de mes filles ; ces femmes-là aussi.

— Vos filles ? dit madame Level, d'un air étonné.

— Oui... Et puis, je n'vais pas y aller par quatre chemins :

c'est moi qui leur ai interdit de jouer avec la gamine Calidon, qu'est une peste... Et vous devriez vous méfier...

— Me méfier de qui ? de quoi ? Ce n'est pas à l'école qu'on doit régler les querelles de voisinage. Surtout pas à l'école ! Quant aux injures que les enfants s'adressent, elles ne sont pas inventées. Ils répètent ce qu'ils entendent, comme il se doit ! Mais je n'ai pas le pouvoir de punir les parents, qui sont les premiers fautifs...

Le rouge a monté à la mine de Jeanne Roulard :

— Comme si vous ne connaissiez pas les Calidon, et tout ce qu'on dit sur eux ! Des moins que rien... qui sont capables de tout ; et leur gars, ce fainéant qui vit aux frais de la commune... Et leur fille qu'est une vraie peste ! Demandez donc à ces femmes-là ! Vous verrez si je mens.

Elle désigne du menton Cécile Lajoie et Jeanne Gilet. Elles se contentent de détourner le visage, mais n'ajoutent rien.

— Alors, si je comprend bien, vous voudriez que j'interdise à mes élèves de parler et de jouer avec la petite Calidon ? Comme une pestiférée ? C'est bien ça ?

— Tout simplement... Et croyez-moi, c'est pour éviter, à vous, bien des ennuis... et aussi aux autres gamins. Voyez mes filles ; dans l'état où elles sont...

— Vos filles ? Qu'est-ce que vous me chantez-là ?

— Ben, oui... Vous savez bien dans quel état é'sont arrivées ! Vous l'savez si bien que vous me l'avez dit : « Faudrait que quelqu'un les voie et s'en occupe, pour les tirer... » C'est pas vrai ?

L'institutrice tombe des nues. Elle soupire en secouant la tête : elle lui a expliqué, en son temps, qu'il serait bon que Gabrielle et Céline consultent un spécialiste, un psychologue peut-être :

— Mais je ne vois pas du tout ce que vient faire, dans tout cela, la pauvre petite Calidon ! Si je comprends bien, cette gamine a jeté à vos filles un sort... Elle les a empêchées d'apprendre normalement, d'avoir une certaine réussite scolaire ? Ah, ça, non ! écoutez, je ne peux pas m'empêcher de rire.

— C'est vous qui l'avez dit ! C'est pas moi ! Vous voyez bien que je n'mens pas. La preuve !

Cette fois, madame Level n'ose même plus sourire :

— Mais vous êtes folle ! dit-elle. Complètement folle ! Mais qui vous a mis ça dans la tête ?

— C'que vous pensez, ça m'est égal. Moi, je vois les choses comme elles sont. Et je n'suis pas folle : je sais c'que je dis. Et... C'est simple : si la fille à Calidon est encore à l'école, d'ici quinze jours on s'ra au moins... plusieurs à enlever les nôtres... Alors, là, vous la fermerez votre école de... Et vous, vous irez ailleurs, et pas là où vous voudriez... Mon père connaît bien des gens qu'ont le bras long.

L'institutrice a retrouvé le sourire :

— Mais, madame Roulard, écrivez, téléphonez à l'inspection d'académie, au député, au conseiller général, pourquoi pas au préfet ! Voulez-vous que je vous rédige la lettre ?

Elle reprend calmement son travail interrompu. La craie grince sur le tableau. Jeanne Roulard se trouve à bout d'arguments, devant ce calme mépris qui lui est infligé.

— Vous en faites pas... on verra c'qu'on verra...

Elle bat en retraite, suivie des deux autres jeunes femmes qui ne se font pas prier pour déguerpir.

Les talons claquent sur le bitume de la cour. Les gamins, médusés, les regardent filer. Les langues vont bon train, jusqu'au signal de la rentrée.

23

Ernest Calidon n'est pas content, mais pas du tout ! C'est un garçon courtaud, dans la quarantaine, à la mine allumée, toujours vêtu de sa cotte de travail, à la fois gauche et embarrassé, chaque fois qu'il doit se défendre ou protester.

Depuis quelque temps, un certain nombre de gens de Sainte-Apolline se détournent de lui. On fait grise mine, lorsqu'il paraît ; sa femme a eu des mots avec une de ses voisines ; sa fille, à l'école, malgré l'institutrice, est toujours malmenée par les autres gamines (« la sorcière », comme elles l'appellent !) ; Louis, le garçon, qui a dix-sept ans, est moqué, insulté... Comme il est au chômage et sans qualification, on dit de lui : « Calidon, le fainéant » ! De quelque côté qu'il se tourne, Ernest Calidon ne trouve que des désagréments, de la part de ceux et de celles avec lesquels il était au mieux, il y a six mois à peine.

Il ne peut pourtant pas être considéré comme un « horsain », puisqu'il réside dans la commune depuis plus de trente ans. C'est un ancien enfant de la DASS, autrement dit de l'Assistance Publique. Il a été placé à quatorze ans, chez les parents de Joseph Roulard ; il y est demeuré jusqu'à son mariage avec Georgette Marcelin, elle-même alors employée chez les Lafue. Ils se sont installés à Sainte-Apolline. Ernest a quitté le travail de la terre pour aller s'embaucher, dans une laiterie, puis à Coutances, dans une entreprise de bâtiment, où il a appris, sur le tas, le métier de maçon. Ça a été pour lui le signe d'une certaine réussite. Il n'en a pas été peu fier. Ainsi, a-t-il refusé la filière habituelle : de commis de ferme qu'il était, une fois en ménage, il n'est pas devenu journalier agricole, pour aller, six jours sur sept, de ferme en ferme. Tout en continuant à résider dans la commune, près du fils de ses anciens patrons, maçon, il est devenu, n'en déplaise aux fermiers. Car ils n'ont pas facilement accepté cette promotion qui les privait d'un ouvrier à tout faire. Ils l'ont supporté, des années, sans le considérer comme l'un des leurs. Pour eux, il demeure l'ancien commis de l'Assistance, non pas « Ernest », mais « Calidon ». La sympathie et l'amitié sont des sentiments qui ne se commandent pas. Et certains se sont demandé pourquoi il a eu le toupet de les narguer, en restant dans la commune. Ils ont été quelques-uns à accepter ses services du samedi, en période de corvée d'ensilage ou de foins, car la besogne ne lui a jamais coûté. Lui en ont-ils su gré ? Il y a des aubaines qu'on ne peut refuser. A chacun de calculer son intérêt. Et puis, un service par-ci, par-là ne vous oblige pas à un débordement de reconnaissance.

Mais Ernest, qui est une bonne nature, n'a jamais été chercher midi à quatorze heures...

— Ma foi... Calidon, si tu pouvais nous donner la main, pour ramasser le foin...

— Ça n'est pas de refus ! J'vas y'aller !

Et aussi docile que le jeune commis qu'il fut jadis, Calidon partait ramasser le foin, parce qu'un service, ça ne se refuse pas.

Depuis quelques mois, il y a eu bien du changement. A ne plus savoir que penser et dire. Tout a commencé, avec ses voisins : le ménage Roulard, lui comme elle, leurs gamines, toute la famille s'est mis la tête dans le même bonnet. Ça été des insultes, des menaces, sur de simples suppositions. Ernest Calidon s'est défendu, a demandé des explications. Joseph Roulard (qu'il a connu haut comme ça !), comme un malappris, l'a mis dehors. Bernard Lafue, Jean Tilleul, au café, ont refusé de boire en sa compagnie. Il a exigé d'en connaître les raisons. Ils lui ont ri au nez, en le repoussant, d'un geste :

— Oui... On sait c'qu'on sait. Après tout, on n'aurait pas cru ça, de toi. Tu cachais bien ton jeu, tout de même. On ne te savait pas si malin !

Jean Tilleul a ajouté, de sa voix de fausset :

— Mais on saura bien répondre... On a des moyens, à présent... Et des bons ! pour te mettre au pas ! T'aurais jamais dû t'installer dans la commune... Ç'aurait mieux valu pour nous... Et pour toi aussi !

Calidon s'est mis en colère ; il en tremblait ; il en bégayait, le pauvre :

— Mais qui c'est que j' vous ai fait, à tous, sacré n.d.D. ? Ma femme en est malade. Et ma fille ? Et mon gars donc ? I va en perdre la tête, avec toutes vos manigances !

Mais ils n'ont rien voulu répondre, la franchise n'étant pas leur fort. Ils ont préféré s'installer à une autre table, pour lui tourner ostensiblement le dos. Il a bu sa bière, à l'autre table. Ils ont continué à parler, à mi-voix. Il n'a pu saisir un seul mot de leur conversation, comme s'ils avaient voulu lui cacher quelque chose.

Le vieux Rousset, des « Quatre Vents », ne répond plus à son salut ; il l'a vu cracher, de mépris, à son passage. Même Renée Malherbe, quand elle l'aperçoit, presse le pas, en détournant la tête, comme s'il était une bête puante.

Et c'est pourquoi, après maintes hésitations, un samedi matin, à l'heure de la collation, il est allé se plaindre près de Marcel Pronier, le père de Jeanne Roulard, et le cousin de Julie Vallon.

La porte est ouverte. Il entre ; il n'est pas fier et traîne un peu les pieds. Il s'arrête au beau milieu de la pièce, tire sa casquette de toile. (Une habitude prise par l'ancien petit commis de l'Assistance, qu'il reste, malgré lui). Marcel et Albertine Pronier mangent, placidement. Ils ne paraissent pas étonnés.

— Bonjour, dit Calidon.

Marcel Pronier, le couteau au poing, sans le regarder, prend le temps de bien mâcher sa bouchée. Il se gratte l'oreille :

— Bonjour, dit-il, d'un ton rogue, en se taillant une nouvelle bouchée sur le pouce, et sans lever les yeux. Il a choisi d'ignorer ce « Calidon de malheur », et, pour le mettre un peu plus dans l'embarras, de ne lui poser nulle question. Et Calidon cherche dans sa tête les mots qu'il faut dire :

— Je n' suis pas content ! Mais pas du tout !

Il est devenu tout cramoisi. Albertine Pronier hausse les épaules et ricane :

— Mon pauv'gars... Qui que tu veux qu'on y fasse ?

— Oh, mais, c'est pas pour dire... Mais vous y êtes pour quèque chose... Tous les deux ! Et vot' fill', alors ?

— Laisse not' fill' tranquille, gronde Marcel Pronier, entre deux bouchées...

— Et Joseph, vot'gendre ? Et ses fill' ? Par leur faute, les gens veulent plus seulement nous causer. Et je m'demande à cause de quoi ?

Marcel Pronier, les coudes bien calés sur la table, fixe la fenêtre avec obstination :

— Nous, ça n' nous r'garde pas, tes histoires et celles à ta femme. Not' fille é fait c'qué veut !

— Oui, mais j'sais bien que vous êtes dans le coup... avec celle-là d'à côté qu'est une vraie vipère...

— Occupe-toi de c'que tu fais, toi ! intervient Marcel Pronier... Avec tes manigances... Oui, on sait c'qu'on sait !

Et pour bien montrer à Calidon qu'il est indésirable, qu'il doit s'en aller :

« Albertine, dit-il, d'un ton sec, donne-moi le café !

Et du café, Calidon n'en aura pas, sans explications, et de façon qu'il comprenne bien l'affront qui lui est fait ; il n'a plus qu'à partir, s'il ne veut pas être mis à la porte, comme un traîne-sabots.

Il pétrit sa casquette ; ses mains tremblent. Il s'était promis de clouer le bec à ce Pronier, « un bonhomme pas franc de collier pour un sou ». Il bégaie de vagues menaces :

— Eh ben... Croyez-moi, ça va pas se passer comme vous pensez. Et si vous dites pas à vot' fill' de faire bien attention à c'qué dit. Vous m'entendez ?

L'autre, yeux baissés sur sa tasse, tourne sa cuiller, grimace, de colère :

— Fous-moi l'camp, grommelle-t-il. Et vite ! Et reviens jamais dans ma cour !

Ernest Calidon, sans un mot, remet sa casquette ; il va jusqu'à la porte, à reculons. Mais il n'a pas perdu courage. Julie Vallon, derrière ses rideaux, l'a vu sortir, monter le raidillon, pour aller tout droit chez Albert Rousset, qui est de mèche avec Pronier, les deux étant comme « le cul et la chemise », et de la « bande à Levert », comme le dit Alexandre Gavard, leur plus solide ennemi.

Sans ralentir l'allure, mais au trot, Ernest Calidon, arrive au carrefour des « Quatre Vents », tout essoufflé. Albert Rousset, très droit, mains dans les poches, l'attend sur le seuil, le regard sourcilleux. Ernest Calidon ne se perd pas en salutations. A cinq pas, il l'interpelle :

— Alors !... Vous aussi !... Vous vous mettez de la partie ?

Nulle réponse.

« J'vas vous dire : vous, comme les autres, si vous continuez à nous faire de misères, avec la « sorcière de Paris » et avec Pronier et les Roulard... Comme quoi, j' donnerais, comme pour ainsi dire, du mal... Si vous continuez, je m'arrangerai bien, ce coup-là, pour vous en faire du mal, et pour vous fermer la goule ! A tous ! Vous m'entendez ? Vous êtes un vieux mauvais chien !

Albert Rousset fait deux pas vers lui, en grondant :

— Si j' te trouve dans ma cour, c'est à mon fusil que t'auras à faire !

— Dame, ça m'étonnerait pas. Vous avez dit qu'i faudrait, par tous les moyens, me faire quitter la commune... Et un tas de menteries sur mon compte. Comme si j'étais capable de vous envoyer du mal ! Toutes ces menteries, ça vous portera malheur ! Oui... Je l'dis... Vous créverez... de méchanceté !

La réaction ne se fait pas attendre :

— Malheur de malheur ! Et j'entends ça ! Chez moi ! S'pèce de sale enquéraudeur ! Va-t'en ! Ou j'prends mon fusil !

Albert Rousset rentre chez lui, en braillant :

— Rose ! Rose ! Mon fusil ! Donne-moi mon fusil !

Ernest Calidon n'insiste pas. Il file, à travers champs, jusque chez lui, comme un voleur pris en flagrant délit, honteux d'avoir osé menacer des gens aussi importants, dans la commune, que Pronier et Rousset. Il se sent subitement coupable et peureux. Malgré le soleil de mai, il ferme sa porte, il la ferme à clé, comme s'il voulait se cacher. Il se laisse tomber sur le banc. Sa femme et Juliette, sa fille, s'assoient, en silence, à ses côtés, inquiètes. Il demeure un long moment silencieux. Quand il relève le visage, deux grosses larmes coulent sur ses joues. Il serre les poings sur ses genoux :

— Mais qui c'est qu'on a bien pu leur faire, à tous ceux-là ?

24

Bernard Levert l'avait promis, à la veille des élections municipales... Il a tenu parole : Anselme Lenoir, l'ancien maire, recevra sa décoration, et même, si l'on peut dire, par-dessus le marché, le titre de « maire honoraire ». De quoi le combler, le restant de ses jours.

La cérémonie a lieu, le 11 juin 1989. Le maire n'a rien négligé, pour donner à cette cérémonie l'importance qu'elle mérite. Il a invité de nombreuses personnalités : le sénateur Marigot, le député Bodin, le docteur Papin, conseiller général, l'abbé Pascal, curé-desservant, madame Level, institutrice, le chef de brigade Mazer, sans oublier les correspondants des journaux locaux.

Ce dimanche-là, le bourg est pavoisé, du haut en bas, de la mairie-école, à l'église, d'oriflammes tricolores. La paroisse n'a pas de messe, cette semaine-là, pénurie de clergé oblige.

Malgré la large publicité qui a été faite, l'événement va garder un certain caractère d'intimité. Il n'y a pas foule. Sont là, ceux et celles qui se sentent directement concernés, dans la cour de l'école, en attente, dansant d'un pied sur l'autre ; les trois récipiendaires entourés de leurs familles, les membres du conseil municipal. Tous sont silencieux, empesés, solennels : Sainte-Apolline-des-Champs vit un jour faste qui comptera, dans ses annales.

Le maire tâte dans sa poche le papier qu'il a lu et relu vingt fois : le discours qu'il aura à prononcer est un moyen opportun d'exprimer des vérités essentielles à ces hommes qui possèdent chacun une parcelle de pouvoir.

Il les accueille, un à un. Il a un court conciliabule avec le sénateur qui s'enquiert des mérites cumulés par le garde champêtre.

Lorsqu'ils sont tous là, il les précède dans l'escalier extérieur, qui mène à la salle des mariages et du conseil. Elle est bientôt remplie. Même Jérémie, le sacristain, est là, qui se glisse au premier rang, tout contre la table, où sera servi le vin d'honneur, et au coude à coude avec les récipiendaires, afin de ne rien perdre de la cérémonie.

De l'autre côté de la table, sont alignés le maire et les autres personnalités. Il se fait un silence d'église, lorsque le maire a déployé ses feuilles. Il se tourne ostensiblement vers Anselme Lenoir, qui s'est dressé sur ses deux cannes, et tremblotte d'émotion.

« Monsieur le sénateur, monsieur le député, monsieur le conseiller général, mesdames, messieurs...

« C'est un grand honneur pour moi de rappeler les mérites de celui qui fut à la tête de notre commune, durant un quart de siècle, je veux parler de mon excellent ami : Anselme Lenoir.

« Après avoir participé à la guerre de 1939-45, après une captivité de quatre années, en Allemagne, dès votre retour à Sainte-Apolline, dès les premières élections, vous étiez élu conseiller municipal. En 1964, vous êtes choisi pour présider aux destinées de cette commune. Et vous avez alors entrepris de nombreuses réalisations : une bonne alimentation en électricité, en eau, un aménagement de deux voies départementales, la création d'une cantine scolaire, d'un stade. Je ne peux citer toutes les initiatives qu'il faut mettre à votre actif, initiatives que le conseil municipal a toujours voulu seconder.

« Et pourtant, je puis en témoigner : que de difficultés vous avez rencontrées, en vingt-cinq années !

« Nous sommes une commune rurale, comme beaucoup d'autres, en France, une commune qui voudrait vivre pleinement, et qui ne fait que se battre pour survivre. Permettez-moi de vous le confier, monsieur le sénateur, monsieur le député, monsieur le conseiller général, le plus souvent l'administration, au lieu de nous aider, tente plutôt de nous ligoter.

« Mais surtout, à l'heure d'un nouveau recensement, nous

pouvons déplorer le mal de la dépopulation dont souffre, elle aussi, Sainte-Apolline-des-Champs.

« Permettez-moi de vous citer quelques chiffres : depuis 1964, il y a eu, dans la commune, 114 décès, contre 104 naissances, mais surtout, sur 65 couples qui se sont mariés, 7 seulement sont restés dans notre commune.

« Il y a 100 ans à peine, dans cette commune qui comptait 700 habitants, il y avait trois épiceries, un boulanger, un boucher, un bourrelier, un forgeron et un maréchal-ferrant, deux menuisiers, un sabotier, un couvreur en paille et, réparties sur tout notre territoire, 8 auberges. Il existait même un tisserand. L'école, avec deux classes, totalisait 70 élèves.

« Au dernier recensement, nous avions 288 habitants. Combien en reste-t-il, aujourd'hui ? Nous en avons perdu 112, en 25 ans.

« Mais nous sommes décidés à faire face à l'adversité. Il y a six mois, le seul commerce qui demeurait encore, un café-épicerie, fermait. Que fallait-il faire ? Nous ne nous sommes pas résignés. Nous avons fait l'impossible. A nouveau, un café-épicerie a été rouvert par un jeune couple dynamique, sur de nouvelles bases, afin d'avoir de sérieuses promesses de réussite. Nous avons des terrains à construire, à de bonnes conditions financières. On peut trouver chez nous le calme que désirent les retraités et les vacanciers. Alors...

« Alors, ce que monsieur Anselme Lenoir a voulu faire, nous le continuons et nous le continuerons, pour être fidèle à l'exemple qu'il nous a donné.

« Oui, cher ami, vous avez bien mérité de la commune et du département. »

C'est au sénateur Marigot de prendre la parole...

C'est un petit homme de belle prestance, avec gilet, et chaîne de montre à breloque, au visage poupin et luisant, dont les yeux, derrière les lunettes à monture d'or, brillent de malice. Il est l'affabilité même. On le dit tout puissant, pour faire aboutir les dossiers les plus compliqués. Sa venue dans toute manifestation communale, est considérée, par les maires et les récipiendaires, comme une suprême faveur. Il aura, comme presque tous les dimanches, trois cérémonies de remise de médailles, deux inaugurations. A chaque étape, il sera là, à l'heure prévue, souriant et empressé, ayant pour chacun une bonne parole, une bonne nouvelle, un bon espoir, le temps d'une rencontre ; et les héros d'un jour, dans le plus petit village, ne fut-ce que quelques instants, se sentiront les familiers et les amis de monsieur le sénateur Marigot.

Il prend le temps de parcourir du regard l'assistance, d'observer, un instant, ces visages attentifs et déférents. Il élève les bras, dans un geste magnifique, à l'adresse d'Anselme Lenoir :

« Mon cher ami,

« Monsieur le maire vient de ma rafraîchir la mémoire, en évoquant les nombreuses réalisations dont vous êtes à l'origine et qui ont marqué votre mandat de maire. Je dois dire, d'ailleurs, vos mandats, puisque vos concitoyens ont toujours su reconnaître vos mérites et l'efficacité de votre action, au sein de votre conseil municipal... Et cela durant vingt-cinq ans !... Eh, oui, des souvenirs me reviennent... Chacun à notre niveau, nous avons travaillé ensemble, pour... (comment dire ?)... Pour... encourager l'administration à être compréhensive et généreuse. Et vous avez réussi ! Vous avez eu la patience et la ténacité. N'êtes-vous pas le vrai rural qui sait qu'il faut labourer, herser, semer, avant de moissonner. Vous récoltez, aujourd'hui, après cette moisson, la récompense. Et les pouvoirs publics, qui ne sont pas toujours aveugles, comme on le prétend trop, en vous honorant, veulent reconnaître la valeur de votre action civique, humaine et sociale. Ce n'est que justice.

« Je peux dire aussi que vous avez laissé les manchons de la charrue en de bonnes mains, en des temps plus que jamais difficiles, pour nos communes rurales qui n'ont plus la place qu'elles méritent, dans le pays, lorsqu'un gouvernement qui les méconnaît, veut, nous le savons tous ici, jouer la carte de la fusion, c'est-à-dire, à plus ou moins longue échéance, de la suppression pure et simple. »

Et, dans un éclair de pure éloquence, il élève la voix, pour clamer les bras levés bien haut :

« Non, messieurs les politiciens, qui agissez par esprit de parti, non ! nous ne voulons pas que dans nos communes rurales ne demeurent que les cimetières ! Monsieur le maire, dans le sillage de votre prédécesseur, mon ami, Anselme Lenoir, vous êtes le veilleur... Vous voulez, de toutes vos forces, pour Sainte-Apolline-des-Champs, non pas qu'elle survive, mais qu'elle revive ! Déjà, votre charmant bourg, autour de son clocher millénaire, donne les signes d'une renaissance ! Monsieur le maire, messieurs les membres du conseil municipal, il faut tenir. Tenir, c'est la consigne ! Car, tenir, proclamait le maréchal Joffre, en d'autres temps troublés, tenir, c'est déjà vaincre. »

Il reprend souffle, un instant. Puis, d'un ton apaisé, presque confidentiel :

« Eh bien, monsieur le maire : Tenez bon ! Et, vous aussi, vous saurez vaincre. Notre ami vous a montré le chemin ; suivez-le. Mais d'abord, il convient, en ce jour, de lui témoigner la reconnaissance du pays, et la nôtre. »

Toute la salle applaudit. Et le sénateur Marigot épingle la médaille de vermeil du Mérite communal et départemental sur la poitrine d'Anselme Lenoir qui pleure à chaudes larmes, tandis que les deux correspondants des journaux le flashent.

Accolade, serrements de mains. Albert Rousset, maire-adjoint, attend sagement son tour. Le sénateur Marigot s'approche de lui, en lui présentant la médaille :

« Cher ami,

« Je me tourne maintenant vers vous, vers vous qui avez été, en quelque sorte, sur le navire, le second. Depuis tant d'années, n'êtes-vous pas (et vous êtes ! vous êtes !) près du maire, l'adjoint fidèle et dévoué, partageant ses espoirs et vous réjouissant avec lui du succès de tant de réalisations ! Les électeurs et les électrices de Sainte-Apolline-des-Champs le savent, qui vous ont témoigné leur gratitude et leur confiance, puisqu'ils vous ont toujours porté en tête de l'assemblée municipale, à chaque élection. N'est-ce pas la preuve de votre compétence et de votre efficacité, au plan communal. Cette médaille d'argent veut concrétiser la reconnaissance qui vous est due ».

Albert Rousset reçoit la médaille d'argent du Mérite communal et départemental. Flashes, applaudissements, poignées de main.

Reste à décorer le garde champêtre, Georges Mansart, qui d'instinct, s'est déjà figé au garde-à-vous, et coiffé de son képi.

« Chers ami,

« Quelle magnifique prestance, mesdames, messieurs ! Heureuse commune que Sainte-Apolline-des-Champs, qui fut, durant vingt-huit années, sous la protection tutélaire d'un tel garde ! Mais, trêve de plaisanteries, ou de compliments. Je sais avec quel sens du devoir accompli, vous avez rempli une tâche difficile, une fonction, combien essentielle, pour veiller sur les personnes et sur les biens, dans nos communes rurales où chacun connaît tout le monde, où il faut, en bon normand, savoir parlementer (j'allais dire : marchander), arrondir les angles, pour éviter les conflits. Vous avez donné l'exemple de l'abnégation. Oui, le mot n'est pas trop fort. Quatre enfants sont nés à votre foyer, qui, tous, par leurs mérites, et grâce à l'éducation que vous leur avez donnée, ont su parvenir à une situation enviable. Votre exemple, et celui de votre épouse trop tôt disparue, leur a été bénéfique, nous n'en doutons pas. Et c'est pourquoi, cher ami, je suis heureux de vous remettre la médaille de reconnaissance communale. »

Le brave Georges Mansart est cramoisi de fierté. Il n'en revient pas : Monsieur le sénateur Marigot (« qui n'est pas n'importe qui » !) connaît tout de sa vie ! A ne pas croire !

Et le mousseux coule. Pour le maire honoraire, pour le maire lui-même, et pour le conseil municipal, ce sont des instants de gloire qu'ils viennent de vivre. L'existence de Sainte-Apolline-des-Champs est bel et bien reconnue. La preuve ? Demain, ou à la fin de la semaine, les journaux, photos à l'appui, vont notifier son importance, et la détermination de ses habitants à ce qu'elle demeure.

Les familles des récipiendaires, les membres du conseil municipal découperont les pages consacrées à l'événement, que l'on gardera précieusement, avec les portraits de famille, comme autant de certificats d'honorabilité.

La cérémonie terminée, le sénateur Marigot, ayant levé son verre, s'éclipsera vers une autre commune, pour s'en aller distribuer à des ruraux esseulés quelques paillettes d'une gloire villageoise.

25

Depuis une dizaine d'années, les communes rurales, l'été, quelle que soit leur importance, ont à cœur de marquer leur présence et leur volonté de survivre, en organisant, en plein air, une fête « à l'ancienne », qui rassemblera les gens des alentours, du pays, ceux qui l'ont quitté et sont devenus, chaque année, des vacanciers nostalgiques.

Le dimanche 6 août 1989, a lieu la fête patronale à Sainte-Apolline. Tous les membres du conseil municipal, maire en tête, n'ont pas hésité à retrousser leurs manches, durant près d'une semaine, pour la préparer.

Bernard Levert, bien sûr, est l'âme de toute l'organisation. Et il a décidé que cette grande journée, devait avoir une grand'messe — une vraie —, comme celles qui étaient célébrées en pareille circonstance, il y cinquante ans, du temps où la paroisse comptait plus de cinq cents habitants.

Pour parvenir à ses fins, il lui a fallu longtemps parlementer pour que cette messe soit une messe à la manière de jadis, c'est-à-dire en latin, chantée par des chantres en surplis et chappe de drap d'or, et des musiciens les accompagnant de leurs cuivres.

L'abbé Pascal, le desservant a d'abord refusé tout net : « il ne faut pas confondre liturgie et spectacle, a-t-il rétorqué, car la liturgie est vivante ; ce n'est pas du folklore qui a seulement pour but de rappeler ce que fut, à un moment de l'histoire, la messe, à Sainte-Apolline-des-Champs »...

Et d'asséner au maire une leçon de catéchisme, dont il se serait bien passé. Mais Bernard Levert ne s'est pas déclaré vaincu. Il veut une messe, comme il y en a, chaque dimanche, à l'abbaye de la Lucerne, ou même, chaque année, à la foire de Lessay.

— Notre évêque, que je connais, dit-il n'a jamais interdit, à ma connaissance, une messe en latin ? Faut savoir ce qui est permis et défendu...

La discussion a continué ; et il a obtenu que la messe soit célébrée en partie, en latin, et que des chantres et des musiciens soutiennent le chant.

« Vous verrez, a-t-il ajouté, dans la joie de la victoire, vous verrez ! Notre église sera pleine à craquer ! Y'aura pas assez de places ! C'est moi qui vous l'dis ! Ça nous f'ra une belle messe !

Il est parti, au comble de la joie : en lettres capitales, en tête de l'affiche, il pourra imprimer : « Messe à l'Ancienne ». Cette affiche donnant le programme de la fête patronale Sainte-Apolline, sera largement diffusée. Les membres du conseil municipal, deux par deux, se partageront la tâche. Ils iront la coller, à dix kilomètres à la ronde dans tous les carrefours et jusque sur les poteaux électriques, pour annoncer :

« Grande journée normande, à Sainte-Apolline-des-Champs, le 6 août 1989 ».

Vers les quatre heures du matin, les amis du maire sont tous là, et les autres aussi, pour couper des branches, qu'ils planteront de chaque côté de la route qui va de l'église au terrain de la fête, et pavoiser de tricolore le monument aux Morts.

Jérémie, le sacristain, a sonné, à plusieurs reprises, afin de compenser l'absence de plusieurs cloches. L'église, elle aussi, a été décorée de fleurs artificielles, de guirlandes de feuilles ; des bancs ont été disposés dans le chœur. Dès les neuf heures, Georges Mansart, le garde champêtre, qui arbore son képi et sa médaille, est planté au centre de la place, afin d'éviter les stationnements abusifs aux abords de l'église, et pour diriger les voitures vers le parking.

A 10 h 30, le conseil municipal est au grand complet et sur son 31, pour aller accueillir, maire en tête, le groupe folklorique « Louis Beuve », qui doit réhausser la journée par sa présence.

Pour la circonstance, Bernard Levert a revêtu le costume normand de la région. Juliette, sa femme a grand air, dans les riches atours de son arrière grand-mère, avec châle de soie damassée, la haute coiffe de fine dentelle de Bayeux, avec sur la poitrine, au bout de l'épaisse chaîne, la rutilante croix d'or des filles de famille du Cotentin.

Le groupe « Louis Beuve », lui aussi en costume du Coutançais, attend, rangé par couples, à l'orée du bourg, à hauteur du calvaire de granit, sur les marches duquel prêcha un certain Jean Eudes, lors d'une mission à Sainte-Apolline-des-Champs, en 1669, comme le rappelle l'inscription gravée dans la pierre.

Poignées de mains, bienvenue, félicitations. Puis, derrière le maire et sa femme, le cortège s'avance vers l'église, au son de l'accordéon. Il est attendu. Le parking habituel est maintenant au complet. D'autres voitures arrivent, des paroisses voisines. Georges Mansart, à coups de sifflet, les pousse vers le champ qui a été choisi pour les recevoir.

Sur les cent mètres qui séparent le calvaire de l'église, malgré une bruine tenace, on applaudit. De joyeuses exclamations saluent le maire et sa femme, au passage... Et l'on marche à la suite du cortège : on est bien partie prenante de la fête du pays !

Devant le portail de l'église, ils sont une centaine. Le maire donne de grands coups de chapeau, avant d'entrer dans l'église.

Déjà revêtu de la soutane et du surplis, Jérémie sue sang et eau, à tirer sur la corde de la cloche. Puis, prestement, il file à la sacristie, prendre la chappe, pour s'aller jucher, sur le haut tabouret, au beau milieu du chœur, près des autres chantres engagés pour la cérémonie, et comme lui carapaçonnés de drap d'or.

Les stalles ont été réservées aux membres du conseil municipal, et du groupe folklorique. Devant les chantres, ont pris place trois musiciens qui doivent soutenir les chants.

L'abbé Pascal, il faut le dire, un peu nerveux dans tout le fastueux déploiement de cette messe « folklorique », s'active, afin que chacun trouve une place.

Sont là, Angéline, l'ancienne servante, dans un coin de la chapelle Saint-Laurent, et, au-bas de la nef, dans son banc-observatoire, Julie Vallon. On remarque l'absence du général de La Vaissière, et de sa famille, bien qu'ils séjournent au château, en ce mois d'août. Avant les élections, ils n'eussent point manqué de participer à la fête patronale.

L'église est comble, au moment où la messe commence. Un bon nombre de gens se tasse sous le portail et au dehors. Toute la paroisse est là, par familles entières rassemblées, pour l'occasion ; on est arrivé des villages voisins. Il y a aussi ceux et celles que l'on appelle les « parisiens », ou les « vacanciers », et qui s'extasient devant les costumes du groupe « Louis Beuve », les chappes des chantres, cette musique d'un autre âge.

Les trois musiciens, qui sont tous septuagénaires, les joues gonflées et cramoisies, s'en donnent à cœur-joie, à souffler dans leurs trombonnes récurés de frais. Ils couvrent les voix éraillées des chantres qui, eux aussi, ont largement dépassé l'âge de la retraite, et qui ressemblent, sur leur espèce de piédestal, à des statues drapées d'or.

L'autel et le célébrant ne semblent guère compter pour l'ensemble de cette assistance inhabituelle. Ce sont les chantres, les musiciens, les costumes du groupe, qui captivent les regards.

A la fin de la messe, quatre jeunes filles distribuent le pain béni : chacun, chacune reçoit sa brioche.

A la sortie, il pleut toujours. C'est la minute de silence, et le dépôt d'une gerbe, par le maire, au monument aux Morts.

Un banquet est organisé, sous une vaste tente. Un repas régional. Au menu, la poule à la crème, le gigot cuit en plein air au feu de bois, le riz « tord goule », avec, bien sûr, au milieu du repas, le petit verre de calvados : le « trou normand », avalé, d'une seule gorgée.

Mais il ne faut pas traîner à table. On perçoit la musique des haut-parleurs de la fête toute proche. Le soleil est revenu. Il est temps de se rendre sur le terrain, où les stands et le podium ont été installés... Et l'on repart, bras dessus, bras dessous, le couple Levert précédant le groupe « Louis Beuve ».

L'animateur — un joyeux drille — qui a été engagé, annonce leur arrivée, avec les qualificatifs les plus flatteurs, en invitant les spectateurs déjà présents sur le terrain à saluer, par des vivats, ceux et celles qui vont maintenant les divertir. Et d'ajouter :

— Vous ne manquerez pas d'applaudir monsieur le maire et madame, dans leur magnifique costume coutançais ! Bravo !

Tous accourent vers le podium où le groupe folklorique va donner sa première danse.

Il y a déjà foule. Monsieur et madame Levert font leur tour, s'arrêtant pour saluer l'un ou l'autre qui les interpelle, pour donner les dernière consignes aux différents responsables.

Bernard Lafue, l'éternel célibataire, tient le stand du chamboultout, Aimée Tilleul et Albertine Pronier, la roue de la fortune qui offre aux chanceux une volaille. Il y a même un mouton tenu en laisse par Jean Tilleul. Il s'agit, pour le gagner, d'en découvrir le poids.

Laure et Franck Fauvel, les tenanciers du nouveau bar-épicerie, dirigent la buvette, à leur propre compte. C'est le cadeau de bienvenue du conseil municipal.

D'autres tentes, autour du champ, ont été montées. A l'écart, dans un coin, entouré de balles de paille que l'on a superposées, par sécurité : le stand de tir à la carabine. Les responsables : Jacques Demarre, le fermier du château, et Joseph Roulard, le gendre de Marcel Pronier, et le plus proche voisin — et ennemi — de la famille Calidon. Ce stand sera le lieu du seul incident de cette fête.

Le fils d'Ernest Calidon, malgré l'interdiction de son père, est venu sur le terrain, vers les quatre heures de l'après-midi. Dix-huit ans, cheveux exagérément longs, une légère barbe noire, blouson de skaï, jean délavé, il erre d'abord, mains dans les poches, et grille cigarette sur cigarette, pour se rassurer, car il est bel et bien venu pour les braver : Roulard, Tilleul, Levert et les autres.

Plusieurs fois, il fait le tour du champ, s'arrêtant devant chaque stand. Nul responsable ne lui propose de tenter sa chance, de montrer son adresse. Tous se sont donné le mot : il faut l'ignorer. A deux reprises, on refuse ostensiblement la pièce qu'il tend.

Il en est de même, au stand de tir. Cette fois, il insiste. Il a posé sa pièce. Il tient contre lui la carabine. Jacques Demarre s'empresse de retirer les balles de sa portée.

— En donne pas ! grommelle Joseph Roulard... Surtout pas !

Il veut saisir le canon de l'arme :

— Va-t'en donc faire une partie ailleurs ! On met pas un fusil dans les mains d'un type comme toi ! Non ! On sait pas c'qui pourrait arriver.

— Je paie ! Alors, pourquoi que j'peux pas tirer ?

— Garde tes sous, susurre Jacques Demarre... On n'en veut pas... T'en as pas de trop, pour les dépenser. Bien sûr, le chômage, le R.M.I. et j'sais-t-i core, ça rapporte autant que dix vaches... Allez, fous l'camp !

Le ton monte. On en vient aux allusions désobligeantes : « Ton père qui sait pas quoi inventer pour nous faire mal... Va l'voir ! »...

Louis Calidon n'a pas lâché la carabine. Il est devenu blême, car il sent sur lui tous ces regards goguenards. Il les prend tous à parti :

— Vous êtes une bande de salauds ! Mais vous nous paierez tout ça ! Chacun son tour, que j'dis !

Ils sont là, une dizaine, serrés autour de lui ; ils veulent voir et entendre ce qui va se passer, peut-être une belle bagarre qui serait, pour eux, le meilleur spectacle de la fête.

Jacques Demarre joue les peureux. Il envoie chercher Georges Mansart, le garde champêtre. Celui-ci arrive, au trot, conscient du danger couru et surtout du sérieux de ses fonctions. D'un geste, il fait reculer les badauds agglutinés autour du jeune homme. Lui, le colosse, saisit par les épaules, le frêle et pitoyable Louis Calidon qui se débat comme un beau diable, l'obligeant à laisser tomber la carabine. Il l'empoigne par le blouson, le soulève presque, sous les rires des témoins.

— Ça n'm'étonne pas de toi ! Capable de tout, ce gars-là ! Si t'étais moins « faignant », ça te changerait les idées ! Pas vrai ?

Et tous, jeunes et vieux, d'approuver :

— Pour sûr !

— C'est plus commode, de rouler en mobylette...

Et qui c'est-y qui paie l'essence, hein ?

— C'est nous, pardi !

— Ça, c'est bien vrai !

Et Georges Mansart le pousse devant lui, sans ménagements, jusqu'à la barrière du champ. Il bouscule les groupes. Ceux qui ne sont pas du pays interrogent :

— Qui c'est-il ?

Les gens de Sainte-Apolline répondent, avec des airs sous-entendus :

— Un pas grand chose ! Comme son père !

Au stand de tir, Joseph Roulard en sait long sur son compte. Il s'explique :

— Heureusement qu'i n'a pas eu de munitions. J'vous l'dis carrément, il aurait fait un malheur. Tout comme son père, croyez-moi, qu'est capable de bien des choses...

Louis Calidon passera une partie de l'après-midi à pétarader sur sa mobylette, autour du cimetière, avec rage. Le garde champêtre est chaudement félicité, sur le terrain, par le maire lui-même, pour son courage et son sang-froid.

Mis à part cet incident sans importance, rien de fâcheux ne se produira. Il y aura liesse et grande foule, jusqu'à l'heure de l'angélus.

Quelques vieux artisans du canton sont très entourés par les vacanciers. Bernard Levert leur a demandé, pour un jour, de reprendre leurs outils, de pratiquer le métier qu'ils ont dû abandonner, faute de clients, il y a une vingtaine d'années ! Il y a là, Victor Cornet, le bourrelier, Adhémar Henri, le forgeron. Ainsi exibés à la curiosité publique, ils s'appliquent à se donner en spectacle, à restituer d'anciens gestes, pour la satisfaction de gens qui, depuis longtemps, avaient oublié jusqu'à leur existence et la gêne dans laquelle les ont mis l'avénement d'un certain progrès. Même, de vieilles femmes tentent de reconstituer ce que fut la lessive, en manipulant la toile rude des chemises et des draps de lin, qu'elles savonnent, brassent, frappent à coup de battoir, pour la joie des assistants.

Un attelage à trois chevaux survient sur le terrain, conduit par Albert Rousset, fier comme Artaban, de devoir ainsi se produire devant tout ce monde. Il lui a fallu près de deux mois, pour reconstituer un tel attelage, retrouver les chevaux, rafistoler les harnais, trouver un tombereau. Il n'est pas le moins applaudi, et fait claquer son fouet.

Sous une tente, on a monté une laiterie de ferme, avec l'écrémeuse et la baratte. On fait la crème et le beurre, avant de distribuer de larges beurrées d'un pain de campagne cuit au feu de bois.

Et, là-bas, sur le podium, danse et se trémousse le groupe folklorique, sous un soleil triomphant.

Il fait si chaud que beaucoup se réfugient et demeurent attablés dans la tente-buvette. La bière et le cidre coulent. Une substantielle journée, pour Franck et Laure Fauvel.

Le maire est partout à la fois. Il récolte les félicitations. Et les bonnes gens de lui poser la question : comment se fait-il qu'une si petite commune ait pu organiser une fête aussi réussie ?

L'animateur bonimente et ne tarit pas d'éloges à l'adresse de « celui qui a voulu cette fête, et qui, l'a organisée, de A à Z »... Bernard Levert se sent soudain le devoir de prendre la parole, pour remercier. Il est d'ailleurs invité à monter sur le podium, pour venir au micro « dire quelques mots ». Il se fait prier, juste ce qu'il faut. Il paraît sur les planches. Il est acclamé. Il a un geste de modestie, afin de modérer cet enthousiasme. Puis, il se trouve démuni, comme pris de trac. Il clame :

— Merci, à vous tous, à tout le monde, qui êtes venus vous amuser avec nous, à Sainte-Apolline-des-Champs... Merci !

Applaudissements.

« C'est bien la preuve qu'on peut faire quelque chose, dans nos petites communes, qui sont pas toujours, il faut le dire, aidées, comme il faut ».

Vivats. Il se sent encouragé :

« Nous tous qui venez de Paris et des villes, je peux vous saluer spécialement, pour vous dire que vous pourrez venir chez nous autant que vous voudrez, en vacances, bien sûr. Et pourquoi pas à la retraite ? »

De nouveau, applaudissements. Il s'enhardit encore :

« La commune tiendra, si nous sommes assez nombreux à y vivre ! Et si les quotas pour le lait nous tuent pas ! »

Dans son costume de normand : veste et pantalon de droguet, chapeau haut de forme taupé, gilet de percale avec chaine de montre à breloque, il se laisse prendre au piège de l'éloquence :

« Mais nous lutterons, jusqu'au bout. Et nos tracteurs seront là, pour aider la circulation ! Voilà ! »

Parce qu'il a participé aux manifestations paysannes, à Saint-Lô et à Rennes. On applaudit, sans trop comprendre l'allusion.

La journée se termine dans l'apothéose d'un feu d'artifice.

La Manche-Libre consacrera, dans les feuilles locales, un quart de page à la fête patronale, avec ce titre : « Une fête Sainte-Apolline dans la meilleure tradition normande ». Trois photos — trois ! — illustreront cet article, dont l'une représente Bernard Levert haranguant la foule, avec cette légende : « Le maire : le principal artisan de la fête ».

26

Fin août, mauvaise nouvelle, pour le maire de Sainte-Apolline-des-Champs. Il reçoit une note de l'inspection d'académie lui annonçant la fermeture de l'école, si le nombre d'élèves n'atteint pas le chiffre fixé par la circulaire ministérielle. Il n'y aura pas, cette fois, d'exception. Est proposé le principe d'un service de ramassage, organisé par les communes, et afin d'utiliser, pour un groupe de même niveau, une seule et même classe, dans trois locaux scolaires choisis comme ayant le plus grand nombre d'inscriptions. Sainte-Apolline-des-Champs ne figure pas parmi ces privilégiées.

Bernard Levert n'accepte pas cette décision, qui est, selon lui, l'équivalent d'un arrêt de mort, pour la commune :

Même s'il manque deux élèves, l'école doit demeurer à Sainte-Apolline. Par retour du courrier, il refuse cette sentence.

Puis, il se résoud à parer au plus pressé, en partant à la recherche de deux ou trois élèves qui permettraient d'atteindre le chiffre minimum obligatoire... Il y a des maisons vides ; il y a surtout un logement de fonction d'instituteur, qui n'est plus occupé, depuis quinze années. Il suffit d'y réaliser quelques minces travaux, pour le proposer à une famille de la région ayant, bien sûr, des enfants d'âge scolaire...

Et de se lancer à la recherche, avec Albert Rousset, des ménages remplissant les conditions voulues, et que l'on pourrait appâter. La publication d'une annonce dans la presse n'apporte que des déceptions : les possibles amateurs qui se font connaître sont des foyers sans enfants, des retraités surtout cherchant, à bon compte, un logement. Le maire refuse de donner suite à leur demande. Mais pas un seul ménage avec enfants ne daigne se présenter. Et la rentrée est fixée dans les quinze prochains jours. Il est temps, grand temps, d'agir efficacement.

L'enquête menée par plusieurs conseillers, à dix kilomètres à la ronde, n'est guère concluante. Seul, Jean Tilleul déniche l'oiseau rare : Maurice Briard, trente-cinq ans, habite, à cinq kilomètres de Sainte-Apolline-des-Champs, une maison ayant seulement deux pièces ; et il a trois enfants, tous scolarisés en primaire.

La découverte est d'importance. Il s'agit, maintenant, de convaincre cette famille de vouloir bien venir emménager, pour y vivre, à Sainte-Apolline-des-Champs.

Qui se chargera de cette délicate mission ? Bernard Levert se récuse : il connaît bien ce Briard, mais il ne faut pas qu'une telle démarche paraisse trop officielle et, partant, intéressée.

Albert Rousset, l'adjoint au maire, accepte de se charger de cette ultime démarche, pour sauvegarder l'école. Il est, dit-il, en très bons termes avec ce Briard ; ils se rencontrent souvent à la pêche, à certaines grandes marées ; ils ont bu le coup, plusieurs fois, de compagnie :

— C'est un gars qui doit être assez facile à amadouer. Avec des précautions, comme de juste... M'a même dit, y'a deux mois de ça, qu'il était un brin à l'étroit, chez lui... Alors... En s'y prenant bien...

Le samedi suivant, au début de l'après-midi, il est allé chez Maurice Briard, histoire de dire bonjour, en passant. Il était là. Salutations, en descendant de voiture. Présages sur le temps qu'il va faire, avec la nouvelle lune, la future marée :

— Justement. A propos, dit Albert Rousset, comptes-tu aller à la marée ? Écoute, je passe devant chez toi... J'peux t'emporter, si tu veux ? Au prix où est l'essence, pas la peine de mettre deux voitures sur la route !

Maurice Briard accepte, de bon cœur. Il invite le bonhomme à entrer prendre une tasse de café. Albert Rousset ne se fait pas prier (car bien des marchés se traitent encore, en Normandie, devant une tasse) ; il entre dans la pièce, qui sert, à la fois, de cuisine et de chambre pour les trois enfants. Un intérieur propre, soigneusement tenu, qui dénote une maîtresse de maison à la hauteur de sa tâche. Janine Briard est une grande et solide fille qui respire la santé :

— On vient de finir de manger... Alors, tout n'est pas comme i faut... Et puis, on n'est pas trop au large, comme vous voyez... En été, ça n'a pas beaucoup d'importance... Mais, l'hiver, quand i faut tenir les enfants enfermés, ça n'est pas du pareil au même...

Les choses se présentent bien ; Albert Rousset n'aura pas à discuter, des heures, pour en arriver au sujet qui l'amène. Il s'assied, le dos au mur. Il parcourt, du regard, la pièce, complimente :

— C'est pas pour dire, mais vous avez joliment bien arrangé ça. Mais vous avez du mérite... Avec si peu de place...

— Comme vous dites, pour de la place, y'en a pas trop... Avec trois gamins... Si seulement on pouvait trouver une maison plus grande. Les gens veulent plus louer... I veulent vendre. Et, pour ça, faut des sous...

Albert Rousset énumère alors les inconvénients d'un logement trop étroit. Maurice Briard surenchérit :

— Et puis, ça me fait cinq bons kilomètres, pour aller, le matin, à cinq heures, à la laiterie. L'hiver, ça paraît long. Et puis, pour les gamins, surtout, y'a personne, à moins d'un kilomètre !

— Ça, c'est bien vrai, dit Albert Rousset, qui ne s'impatiente pas mais attend son heure, sûr de l'effet qu'il va produire.

Le café est servi. Une rasade d'eau de vie dans le café, une gorgée bue, il ajoute :

« Dame... J'pense à quèque chose... En parlant, comme ça... On aurait p't'être ben c'qu'i vous faut... Oui, et en plein bourg, à Sainte-Apolline...

Maurice Briard paraît intéressé. L'autre continue :

« Et puis, c'que j'peux vous dire, c'est que l'propriétaire ne s'rait pas trop gourmand »...

Une gorgée. Il torche sa moustache :

« Vu que c'est la commune... Comme j'vous l'dis...

— C'est-il grand ? interroge Jeanine Briard.

— J'pense bien... Y'a au moins deux chambres... Et même, de quoi en faire une troisième... Et puis une salle qu'est plus grande que ça. Ça a été refait, y'a guère de temps... Pour tout vous dire, c'est l'ancien logement du maîtr'd'école ! Y'a, comme de juste, la lumière, de l'ieau partout et un chauffage à l'électricité... Et des cabinets, sans sortir de chez vous... C'est comme pour ainsi dire, du vrai moderne ! C'est à l'étage.

Maurice Briard se tourne vers sa femme, afin qu'elle donne son avis. C'est d'elle, il est clair, que dépendra la décision.

— Moi, je n'dis pas non. Ça pourrait nous intéresser. Pas vrai, Jeanine ?

Elle ne paraît pas très enthousiaste :

— Ben... Faut voir, dit-elle...

Albert Rousset, la mine allumée, va jouer son numéro de maquignon, pour ajouter, d'un ton faussement indifférent :

— C'est à vous de décider... Le maire voulait rien faire, avant que j'vous en parle, puisque j'savais que... Pas plus tard qu'hier i'me disait qu'il en avait un ou deux dessus... Moi, c'que j'vous en dis, c'est par amitié... Autant que ça soit vous qu'en profitiez... Vous l'méritez... Si, si... Avec vos trois gamins, au jour d'aujourd'hui, faut savoir compter...

Il regarde la pendule :

« Bon, c'est pas tout ça... Entendu, pour la marée. Je r'dirai, en temps »...

Il se lève, subitement pressé, salue, sort, suivi de Maurice Briard :

« Ah, oui... C'est vrai : faut donner la réponse et téléphoner au maire, avant d'main au soir... Oui, à cause des gens qu'attendent une réponse ».

Dès le lendemain matin, Bernard Levert est bel et bien fixé : les Briard ne veulent pas venir habiter à Sainte-Apolline. Les raisons en sont éclairantes : les nouvelles lois leur donnent, avec leurs trois enfants, la possibilité de bâtir « leur » maison, et à deux kilomètres de la laiterie, au canton même, où il existe un supermarché. Jeanine Briard, ne veut, à aucun prix, « habiter dans un trou comme Sainte-Apolline-des-Champs ». A bon entendeur...

Il faut, coûte que coûte, employer une autre stratégie, pour gagner du temps.

Passeront huit jours encore, avant que le maire ne décide de réunir un conseil exceptionnel et secret, pour mettre en échec la décision de l'Académie. Le sénateur Marigot n'avait-il pas affirmé : « Tenir, c'est déjà vaincre ! ». Il faut donner un grand coup, entreprendre une action, comme le font certains mouvements de contestation, et pour obtenir gain de cause. Bernard Levert a une idée...

La réunion extraordinaire n'a pas lieu à la mairie, mais chez lui à la nuit tombée. Tous les membres du conseil municipal sont fidèles au rendez-vous. Ils se sont tous assis autour de la grande table, dans la salle à manger aux meubles anciens et qui sont l'orgueil de madame Levert. C'est une atmosphère de catastrophe ou de conspiration.

Le maire s'est placé au bout de la table. Malgré la chaleur de cette fin de journée du mois d'août, il a pris soin de fermer non seulement la porte, mais aussi les deux fenêtres. Il constate :

— Tout le monde est là ! Bon, on peut commencer. Albert, voulez-vous nous dire comment ça c'est passé, l'aut'jour.

Rousset raconte, d'un air piteux, avec force digressions, sa rencontre avec Maurice Briard, et son échec. Et depuis, explique Bernard Levert, aucun autre amateur du logement, ayant des enfants, ne s'est présenté.

— Alors, si j'comprends bien, on va fermer l'école, tout bonnement ? interroge Jacques Demarre.

— Et tout ça, pasqui manque deux gamins ! C'est quand même malheureux !

— On va tout de même pas se laisser faire ! ose suggérer le timide Marcel Pronier, et d'une toute petite voix.

Il y a un certain brouhaha de révolte. Chacun, à sa manière, manifeste son indignation. Tous les moyens envisagés s'avèrent irréalisables. Le risque serait gros, par exemple, de refuser de payer les impôts, de dissoudre le conseil municipal. Cela ne ferait ni chaud ni froid aux fonctionnaires de la préfecture.

Le maire ramène le silence :

— J'ai une idée... Mais s'agit de n'en parler à personne... Même pas à vos femmes ! A personne !

Bernard Levert insiste : le secret est de rigueur, si l'on veut que l'entreprise ait une chance de réussir.

Minuit étant sonnés, ils se séparent, avec des mines de conspirateurs, et vaguement inquiets. Dans la chaleur de la discussion, on s'excite, et puis, la décision prise, chacun n'ose dire ses craintes et ses appréhensions.

Le jour suivant, le maire se renseigne, à bonne source, du jour et de l'heure du déménagement de la dernière institutrice de Sainte-Apolline, comme s'il voulait lui faire ses adieux.

Et le 28 août, vers 10 heures du matin, de la cabine téléphonique qui est sur le parking, devant l'église, il appelle les cinq émissaires chargés de prévenir les autres membres du conseil, de l'imminence de l'action. Ils doivent être à leur poste, au plus tard, dans une demi-heure, et quelle que soit l'urgence de leurs occupations.

Bientôt, dix tracteurs avec leurs remorques s'acheminent vers le bourg, jusqu'au parking, où il y a un dernier conseil de guerre, juste le temps qu'il faut aux déménageurs pour emplir leur camion. Ils restent ainsi groupés durant près de deux heures. Les rares passants viennent aux nouvelles, pour connaître les raisons d'un tel rassemblement.

Nulle réponse. On va voir ce qu'on va voir !

Au signal de Bernard Levert, les tracteurs démarrent, pour aller former un immense enchevêtrement, aux abords de l'école, emprisonnant bientôt le camion qui s'apprêtait à partir. La route est bloquée, dans les deux directions.

Protestations, cris des déménageurs, de madame Level et de son mari, menaces, gesticulations.

Le maire n'est pas trop fier. Il tente d'excuser son action. Son argumentation n'est pas très assurée, même s'il ne fait que répéter : « On veut garder notre école ! On veut pas vous laisser aller ailleurs ! Ça n'est pas contre vous, qu'on fait ça ! » Dialogue de sourds...

— Laissez-nous faire... Et le jour de la rentrée, les enfants viendront à l'école, à Sainte-Apolline ! Et c'est vous qui serez là, ma parole ! On veut pas que nos enfants aillent à l'école ailleurs !

Le chauffeur du camion, un costaud, qui n'a pas peur de ces manigances, se met de la partie :

— Mais ça va pas ? Vous pensez pas que j' vais rester ici avec mes gars ? Je m' fous pas mal de vos affaires... J'ai besoin de mon camion, dans l'après-midi ! Foutez-moi l'camp !

La discussion s'envenime. Les injures pleuvent. Le maire

bat en retraite, mais n'en démord pas : ils ne bougeront pas d'une roue... en attendant la visite de l'inspecteur d'académie, du sous-préfet aussi, puisque c'est tout le conseil municipal de Sainte-Apolline qui est en cause et qui manifeste. Les autres se sont réfugiés ou postés au volant de leur tracteur, prudents. Le chauffeur du camion s'est faufilé vers la cabine téléphonique, pour aviser les services de la gendarmerie. Ils viendront, quatre heures plus tard. Le brigadier est là, mal à l'aise, (depuis les élections, il a été souvent reçu chez le maire). Bernard Levert l'avertit, sans préambule, qu'il a choisi de bloquer la circulation, en empêchant le déménagement de l'institutrice, jusqu'à ce qu'il puisse entrer en discussion avec l'inspection d'académie.

— Vous avez là, chef, le maire et tout le conseil municipal de Sainte-Apolline. Ça nous embête un peu, mais, que voulez-vous, on n'a pas d'autre moyen pour être écoutés...

— Je vais, pour ma part, en référer à mes supérieurs, monsieur le maire... Mais je ne pense pas que ce soit raisonnable... Ce que vous faites...

Madame Level, les déménageurs crient leur indignation, et pressent les gendarmes de faire respecter la loi :

— Vous ne voyez pas que nous sommes pris en otages ? Oui, en otages.

— Personne vous empêche de partir, intervient Bernard Levert. Vous viendrez, dans quèque temps, prendre vos meubles et votre camion. Dans combien ? Dame, c'est toute la question. Ça n' tient pas à nous !

Les gendarmes s'éclipsent, sans avoir élevé la voix. Cette affaire dépasse leurs attributions. Il ne leur reste qu'à en référer en « haut lieu ».

La nouvelle est connue ; le téléphone a sonné un peu partout, pour l'annoncer. Des curieux arrivent, même des communes voisines. Les manifestants font de la salle de classe leur quartier général. On s'organise, comme pour un siège. Les femmes, après la traite, l'angélus ayant depuis longtemps sonné, apportent les vivres, des couvertures. Commence ainsi la première veille. La nuit est fort longue. Sur le petit matin, Albert Rousset, Marcel Pronier, Bernard Lafue et trois autres demandent au maire une « permission exceptionnelle » pour aller chez eux voir ce qui se passe.

La deuxième journée, malgré l'attente, nulle visite officielle. Un coup de téléphone du sous-préfet, au domicile de Bernard Levert : celui-ci est averti, avec les ménagements d'usage, de vouloir bien cesser toute obstruction ou manifestation sur la voie publique, et libérer le camion contenant les meubles de madame Level, « l'ancienne institutrice de Sainte-Apolline-des-Champs », afin que celle-ci puisse rejoindre normalement le poste qui lui a été assigné par l'administration.

Le maire ne paraît pas s'émouvoir ; il transmet seulement à ses fidèles ce solennel avis. Jean Tilleul a des propos défaitistes. L'entrepreneur de déménagements vient signifier qu'il a porté plainte pour vol et tentative de rapt, que, dès à présent, il demande des dommages et intérêts.

— Vous verrez, gémit Jean Tilleul ! C'est un mauvais jeu qu'on joue. Ça nous amènera rien de bon. Ça va nous retomber sur le nez. Personne ne vient, pour parler : c'est pas bon signe !

En fin d'après-midi, la presse est là. Bernard Levert, assez fébrile, argumente :

— En nous enlevant l'école, c'est le coup de grâce qu'i nous donnent. Une commune pourtant qui a toute une histoire ! Dites bien qu'on a eu, chez nous, un ancien colonel de Napoléon : le colonel Tamisier, qu'a combattu à Waterloo, et qu'est enterré dans notr'cimetière ! Y'a eu aussi un prêtre qu'était à la cour de Versailles, l'aumônier de la sœur du roi Louis XVI... I serait né à la « Ballanderie »... Et puis, bien sûr, on a un général... Le général de La Vaissière, qu'était un ami du maréchal Leclerc !

Mais ce sont les événements présents qui intéressent les journalistes qui, cette fois, sont venus directement de Saint-Lô et de Coutances, car cette manifestation est significative d'un climat : la désertification des campagnes. L'un monte dans la salle de la mairie, un autre dans le clocher, afin de prendre le cliché typique, la photo symbolique, qui exprime bien cette situation de révolte paysanne, en 1989. Les manifestants se prêtent, avec gravité, aux exigences du reportage, tous accrochés au volant de leur tracteur.

Suprême honneur, et preuve de l'importance médiatique de

l'événement, télé-Normandie est venue à Sainte-Apolline-des-Champs. Pour la première fois. Le maire est interviewé, filmé, en gros plan, durant près d'une demi-heure. Il en sue, à grosses gouttes et s'éponge le front, grimaçant d'émotion :

— Nous, ce qu'on veut... C'est pas la révolution comme y'a deux cents ans. Non, mais c'est qu'on ne tue pas nos petites communes. Et si on nous tire nos écoles, alors qu'i y'a plus d'église, ou tout comme, c'est la fin de nos communes... Faut qu'on sache tout ça, en haut lieu. On n'a pas d'autres moyens, pour nous défendre.

Le présentateur, avec un sourire malicieux, essaie de se faire l'avocat du diable :

— Mais, monsieur le maire, vous ne pensez pas que la méthode que vous employez est... subversive, que c'est un mauvais exemple donné à vos administrés, en les inclinant à, enfreindre, les lois, eux aussi ? En refusant d'obtempérer aux ordres de la gendarmerie, du sous-préfet, de l'inspection d'académie...

— Monsieur, je n'sais pas bien comment vous répondre : c'est l'administration qui nous met hors la loi. Nous, on veut garder notr'école, pasque, l'école, c'est tout c'qu'i nous reste... Pasque, sans l'école, c'est la fin de la commune...

Est-ce la proximité du micro et de la caméra ? Est-ce un moment d'émotion ? Bernard Levert a comme un sanglot dans la voix.

— Coupez ! ordonne le présentateur...

Et, s'adressant aux techniciens :

« On a suffisamment de pellicule ».

Il remercie. Et la voiture marquée du sigle FR3 repart. Le soir même, aux informations régionales, la demi-heure d'enregistrement est réduite à soixante-dix-sept secondes, durant lesquelles défilent les images : la pancarte indiquant le bourg de Sainte-Apolline-des-Champs, le clocher de l'église, le bâtiment de la mairie-école, le camion de déménagements coincé par les dix tracteurs et leurs remorques, avec des hommes crânement assis au volant. A l'écran, le pâle Bernard Levert semble supplier les télespectateurs : « Nous, on veut pas la révolution... Mais qu'on tue pas nos petites communes »... Et l'on passe aussitôt au temps qu'il fera, demain.

Le troisième jour, alors que les troupes semblent démoralisées, que les femmes sont venues dévider l'écheveau de leurs ennuis domestiques, le capitaine de gendarmerie, en personne, arrive pour spécifier ses ultimes sommations, en donnant le délai d'un seul jour, pour circuler, et dégager les abords de l'école...

— Je vous demande... amicalement, monsieur le maire, de cesser cette action qui ne peut vous apporter que de graves désagréments, pour vous et votre commune. Vous le savez bien, le ministère de l'Éducation Nationale ne fera pas d'exception, pour votre commune ! Je vous donne ma parole, nous sommes compréhensifs : si vous obtempérez, vous ne serez pas poursuivi... Sinon, vous risquez, monsieur le maire, bien des ennuis, vous et tous ceux qui sont vos amis...

Le capitaine tourne les talons.

Jean Tilleul, le courageux, a tout entendu de la menace officielle. Il s'empresse de transmettre à ses collègues ses propres craintes :

— Vous comprenez... Le capitaine de gendarmerie est venu... Ça n'est pas rien ! Demain, i va nous ramener une cinquantaine de CRS, pour nous taper sur la gueule, avant de nous couler en prison...

Bernard Levert est devenu indécis ; il n'ose pas livrer aux autres ses intentions. Il s'est réfugié dans la salle de classe. Les femmes sont arrivées, à nouveau, et, d'un commun accord, ont décidé qu'elles ne reviendront plus, quelle que soit la décision des manifestants. Un à un, ils se retrouvent autour du maire. Ce n'est pas la joie. Nul personnage officiel n'a consenti à venir parlementer. Le sénateur, le député, le conseiller général, tous ont refusé de s'associer à « cette action insensée et d'une criante illégalité », selon les termes de la lettre reçue ce matin et signée par ces trois personnalités.

Dans cette salle où ils sont tous venus jadis en classe c'est, après la faute collective, la crainte inexprimée de la punition encourue, avant le sauve-qui-peut du naufrage. Pas un mot n'est échangé. D'instinct, chacun va se préoccuper de l'état de marche de son tracteur immobilisé trois jours durant. Et l'on guette le crépuscule, puis la nuit, la nuit qui permettra de déguerpir, sans tambour ni trompette. Ainsi, avant le délai concédé, toute trace de délit aura disparu.

Le premier, Marcel Pronier, vers les dix heures du soir, descend la côte, au point mort, afin de ne pas éveiller la curiosité. A minuit, en bon capitaine de navire, le maire quitte les lieux, le dernier : ainsi, comme l'a décidé l'inspection d'académie, qui se réfère à la circulaire du ministère de l'Éducation nationale, l'école communale de Sainte-Apolline-des-Champs ne rouvrira pas.

Plus ou peu de messes, passe ; mais plus d'école... C'est le commencement de la fin du monde. Qui osera encore le dire, et protester ?

27

La vie vous pousse ; elle vous écrase, si vous refusez d'aller à son pas.

Après ce coup de bâton dans l'eau, qui a défrayé la chronique cantonale, tous les héros de la manifestation sont rentrés chez eux, trop heureux d'en avoir été quittes pour la peur.

Bernard Levert a dû se soumettre aux directives de l'administration, en acceptant, pour sa commune, le principe et la charge du ramassage scolaire : chaque jour, les enfants de Sainte-Apolline-des-Champs seront transportés, par un service de car, pour être répartis, par classe, dans trois communes limitrophes.

Le jour de la rentrée, le maire se garde bien de rôder du côté du bourg. Pour les enfants, c'est un voyage de fête. Les mères sont toutes venues les accompagner ; en attendant le départ, elles papotent joyeusement, fières d'exhiber une progéniture habillée de neuf, et à la mode.

Il suffira de quinze jours, pour oublier la joyeuse animation de l'école de Sainte-Apolline. A présent, plus de cris d'enfants dévalant la côte, se poursuivant jusque sur la place de l'Église. Le bourg semble irrémédiablement laissé à l'abandon ; le bourg est désert. Seule âme en peine à y rôder, au moins trois fois par jour : Jérémie, le sacristain. Il a repris ses habitudes au café, où il va se réchauffer le cœur, « causer un peu », en sirotant son café arrosé.

Franck et Laure Fauvel sont les premiers à se plaindre de

la fermeture de l'école... Moins il y a de gens à circuler sur la place, moins il y a de clients à venir à l'épicerie ou au café.

L'épicerie ? Le café ?

Le bilan, au bout de quelques mois, n'est guère encourageant. Mis à part les dimanches, quand il y a la messe, et selon l'assistance à l'église, où les jours d'enterrement, on ne peut pas dire qu'ils aient lieu d'être très optimistes. Durant trois ou quatre semaines, toutes les ménagères de la commune et des alentours ont défilé le long des rayons du magasin rénové, pour faire leurs emplettes ; le bar a connu une certaine affluence, dans la semaine : on voulait, par curiosité, voir ces courageux, ces inconscients, qui acceptaient ainsi de tenter l'impossible, alors que tous leurs collègues, à cinq kilomètres à la ronde, ont dû fermer boutique. Ça été un feu de paille. Les clientes se sont mises à comparer les prix, à déplorer le manque de choix et, bientôt, à reprendre la route du supermarché du canton.

Laure et Franck Fauvel vivent, à présent, dans l'attente du client, le nez collé à la vitre, et le regard errant parmi les tombes du cimetière.

Jérémie qui redoute une définitive fermeture du café de Sainte-Apolline s'efforce, chaque jour, de les rassurer...

— Comprenez... Les gens vous connaissent pas bien... Faut du temps ! Vous avez tout c'qui faut dans votre boutique. Et puis, vous vendez bon... La mère Lerenard n'avait plus rien à vendre... Et vot'café ? Y'en a pas d'plus gentil, même à Coutances ! Non, non, faut pas vous en faire : i viendront ! I viendront !

Mais, chaque fois, Laure Fauvel n'ose répondre. Elle se contente de sourire et, parfois, de verser, à son compte, une rasade supplémentaire.

Berthe Lafue, la mère de l'éternel célibataire, vers la fin de septembre, a fondé, un « club du troisième âge ». Ils sont donc une dizaine environ, à se retrouver, chaque semaine, dans la salle de classe, désormais inutile. Le maire l'a mise à leur disposition, sans la moindre réticence. Là où venaient les enfants, se rassemblent les grands-parents.

La grande salle avec ses hautes fenêtres, a été partiellement réaménagée. Plus de pupitres, plus de meubles ou d'objets rappelant son véritable usage. Demeurent, sur le mur du fond, une immense carte de la Manche, en toile cirée, qui a été examinée par cinq générations, le tableau noir, sans nulle inscription. Quatre tables y ont été installées par les soins de la municipalité.

Julie Vallon y vient régulièrement dévider sa pelote de faits divers. Ce sont des parties de cartes, sans passion, de dominos, auxquelles participent, entre autres, Albert Rousset et sa femme, Rose, et même Jérémie toujours en quête de compagnie.

Et c'est du passé que l'on parle, du temps où Sainte-Apolline était une vraie de vraie commune, où il faisait bon vivre. Ils passent ainsi leurs meilleurs moments à se remémorer ce que fut, hier, et avant hier, l'essentiel de leur existence, même s'ils doivent, de connivence, enjoliver ce qu'il leur reste de souvenirs.

A la fin du mois d'octobre, ils sont dix rassemblés au club ; et, à l'une des tables, il y a Albert Rousset, Julie Vallon, Berthe Lafue, et Anselme Lenoir, l'ancien maire, à jouer aux cartes.

Entre deux mises, on prend soin de commenter les nouvelles recueillies au long d'une semaine. On a passé en revue les événements locaux. Les quatre compères qui se donnent régulièrement rendez-vous, tout en guettant les cartes du voisin, aiment à faire le point, même s'il leur faut, à propos de certains sujets, baisser la voix...

— Dites-donc, confie Julie Vallon aux trois autres, notre fameux loustic n'est pas trop fier, à l'heure qu'il est... C'est moi qui vous l'dis...

Aussitôt, trois visages se tendent vers elle...

« Oui... A c'qu'i paraît... L' docteur est venu, deux coups... Pour son gars qui doit faire comme on dit à présent : une dépression... Faudra p' t'être bien qu'ils l'enferment, vous verrez ça...

— Ça n'a rien d'étonnant... intervient Berthe Lafue. J'ai eu sa mère comme servante... Eh, bien... La grand'mère avait des moments où é perdait la tête, ou pour ainsi dire...

— Mais ce gars-là, c'est de la sale vermine ! Faudrait pas qu'i' soit en liberté... Capable de tout... comme son père...

Julie Vallon prend le temps de rouler une cigarette, de l'allumer. Puis :

— Enfin, c'qu'on peut dire : c'est que ça commence à faire de l'effet. Heureusement qu'on a trouvé c't' homme-là, pour les mâter !

Et de se féliciter de la tournure des choses, depuis que le "prêtre noir" a pris l'affaire en main, pour empêcher de nuire ce Calidon de malheur : l'étrange maladie du fils en est la meilleure preuve. Puis elle s'efforce de convaincre Anselme Lenoir de la réalité et de la multiplicité des méfaits d'Ernest Calidon, comme de la puissance incontestable de ce « prêtre noir » qui se charge de mettre au pas « l'enquéraudeur » de Sainte-Apolline. Albert Rousset ne dément pas ; bien au contraire :

— Ça, c'est la vérité vraie ! C'est un homme qu'est puissant. Et je m'demande comment c'est-i qu'on ferait, sans lui ! Mon gars est allé le voir, pas plus tard qu'y'a huit jours... Pour que tout marche bien, faudrait qu'il aille lui demander assistance, tous les mois. Évidemment, ça coûte quèques sous, mais c'est pas de l'argent perdu...

Anselme Lenoir est loin d'être convaincu. Il rit de "toutes ces balivernes", comme il dit. Et son ventre secoue la table. Subitement sérieux, il les met en garde, tous les trois :

— Je rigole, mais quand même, j'crois bien que vous vous montez la tête. L' pauvr'Calidon, qui c'est-i qu'i peut vous faire ? Tout le monde le connaît ; et ça n'est pas d'hier... Vous allez lui tourner les sangs, à lui et à son gars... Leur faire perdre la tête... Je n' suis plus maire... Je l'ai dit à Bernard Levert... Non... Ça n'est pas des choses à faire... Et, en attendant, vot' soi-disant curé noir, i s'en met plein les poches...

Le ton monte. Anselme Lenoir se fait étriller, de belle manière, par Julie Vallon, son ancienne camarade d'école :

— T'es pas plus malin que les autres, pardi ! Et tu verras ça, le jour où le malheur te tombera sur le dos. Je dis qu'i vaut mieux prendre les vrais moyens, quand il est core temps. Tu s'ras bien content, un jour, d'aller le trouver... Attends un brin...

Anselme Lenoir abat son jeu, éparpille les cartes sur le tapis :

— Tiens, et puis merde... J'en peux plus d'entendre vos bêtises. Calidon s'est plaint à moi... Tiens, si j'avais core été maire... Un de ces jours, c'est à la brigade qu'i va porter plainte... Ça pourra vous coûter cher, si vous allez au tribunal !

Il soulève de la chaise sa centaine de kilos, en geignant, se juche sur des deux cannes, et s'en va, sur un coup de colère, sans saluer.

Les trois autres se regardent, tout ébahis : qu'ont-ils dit de travers, pour avoir ainsi incommodé Anselme ? Rien que l'évidente vérité.

Berthe Lafue se lève pour chauffer le café, comme elle le fait, à la fin de chaque réunion du "Club". Albert Rousset reste en la compagnie de Julie Vallon. Elle ricane :

— J' te l'ai dit : faut pas lui en parler... Avec ses gendarmes, il pourrait tout faire rater. Les gendarmes ! Mais i sont incapables de comprendre ces choses-là... Mais c'que j'peux te dire, à toi, c'est que tu vas voir comment i sait travailler, notre... bienfaiteur... T'as vu le gars Calidon ? Attend core un brin...

D'un geste, elle signifie qu'elle ne peut en dire plus. Il ne semble pas avoir compris. Elle le voit soudain les traits comme figés. Il porte la main à sa poitrine. Il a un rictus douloureux ; il s'affaisse sur la table, tout d'un bloc, dans un râle.

Julie Vallon bondit, le saisit aux épaules pour le redresser, n'y parvient pas. Les yeux grands ouverts, il est mort, tout bonnement. Les voisines s'agitent. Quelqu'un s'en va quérir Rose, sa femme et le médecin.

Ils restent sans mouvement, en se répétant, à mi-voix, les uns aux autres, la phrase rituelle :

— C'est pas Dieu possible !

Et ils se tiennent à quelque distance, sans oser bouger un pied, jusqu'à l'arrivée de Rose Rousset.

Elle entre, comme une furie, bouscule les gens ; elle s'agite et hurle :

— I n'est pas mort ! Ça n'est pas vrai ! I n'est pas mort !

Elle se jette sur le cadavre, le secoue ; et le corps manque de s'affaler sur le carrelage.

Lorsque le médecin est là, il ne peut que constater la mort qui a été subite, par infarctus foudroyant, donc imprévisible.

— Mais faites quèque chose ! supplie Rose... I n'était pas malade, que j' vous dis !

Le médecin ne sonne mot, mais il baisse les bras : tous soins sont inutiles. Alors Rose s'abandonne toute à son chagrin, en prenant à témoin Julie Vallon et Berthe Lafue, les seules personnes restées dans la salle, des qualités et des vertus d'Albert :

— Pensez ! Un si bon homme ! Jamais un mot plus haut que l'autre. Pas vrai ?

Elles approuvent, avec force, hochements de tête et des soupirs de compassion. Le médecin parti, il faut bien aviser. Jean Rousset, le fils, arrive, puis Bernard Lafue, Marcel Pronier, Jean Tilleul... Et chacun de reprendre le sempiternel refrain, sur tous les tons :

— C'est pas possible !

Tous les quatre hissent le corps dans la voiture de Jean Rousset, pour le déposer à son domicile et entreprendre son ultime toilette.

Bientôt, il est rasé, coiffé, habillé de son beau costume, cravaté, avec un chapelet enlacé dans ses mains jointes. Lorsqu'elle décroche le crucifix du mur, Berthe Lafue se ravise et, à mi-voix, elle suggère à la veuve :

— Faudrait p't'être bien appeler le curé ?

Une demi-heure plus tard, l'abbé Pascal arrive, compatit, récite une courte prière. Il reviendra, pour fixer avec la famille le jour et l'heure de l'inhumation.

Rose Rousset tient à le raccompagner jusqu'à la porte. Juste à ce moment, passe en pétaradant sur sa mobylette, Louis Calidon. Rose Rousset étouffe un cri :

— Calidon ! »

28

— J' n'oublierai jamais ! gémit Rose Rousset. Quand je pense que Calidon est passé... juste au moment... Le curé pourrait vous l'dire !

Voilà quinze jours qu'Albert repose en terre. Sa femme n'arrive pas encore à comprendre pourquoi, comment. A défaut de remède, il doit bien y avoir quelque coupable qui se cache ?

Elle est allée causer chez Julie Vallon, en cet après-midi de novembre, reprendre sa sempiternelle interrogation. Il pleut, au dehors. La nuit tombe.

« Pensez ! Un homme qui n'était pas malade ! Le docteur n'a rien pu faire... Ma pauvr' Julie, vous pouvez pas me dire que c'est bien normal ? Ah, non, non ! »

Elle pleure, elle pleure, en serrant son mouchoir contre sa bouche, pour étouffer ses sanglots. Julie Vallon, dans son fauteuil d'osier, a pris un air lointain, presque indifférent. Elle ne dit mot et reste songeuse. Elle écrase le bout de sa cigarette dans le cendrier. D'instinct, elle jette un regard défiant, au dehors. Enfin :

— Ma pauv' femme, je n'devrais p' t'être pas vous dire ça... »

Un silence.

« Mais vaut mieux pas »...

Rose Rousset s'inquiète :

— Mais si... Je veux savoir. Sûr et certain qu'on a la même idée...

— Hum...

— Vous savez... Quand j'ai vu, comme je vous vois, le loustic à Calidon, juste au moment...

— C'est bien ça, pour vous parler franchement... Eh, ben, j'vas vous dire...

Julie Vallon baisse la voix, se penche vers la veuve ;

« C'que vous pensez, la dame de Danneville le pense aussi comme j' vous dis... Notre protecteur n'était pas là... Était parti dans son pays, en Afrique, pour tout dire... Ça explique tout, ma pauv' femme... I n'aurait pas laissé faire, lui ! Que non ! Un pareil malheur ! Dame, les autres en ont profité... »

Et Rose Rousset s'abime dans une océan de larmes. Elle hoquette :

— C'est bien... la vérité... Oh ! oui ! Un si... bon homme !...

— On peut plus rien contre ce malheur-là... C'est une affaire entendue... Mais, attendez un brin... Chacun son tour, qu'j'vous dis. Tout se paye, comme de juste... C'est c'qu'il a dit... d'après la dame de Danneville...

Le soir même, tout le hameau a compris : en confidence, a circulé, de maison en maison, la véritable raison de la mort subite d'Albert Rousset ; une mort qui n'a rien de naturel. Les Pronier, les Roulard, les Tilleul, les Lafue, même les Demarre, de la ferme du château, tous se sont mis à trembler et à tendre le dos, dans l'attente de nouveaux malheurs, et tous aussi se sont concertés : il est grand temps d'aviser.

Plusieurs fois, le téléphone a sonné chez la « dame de Danneville » ; des voix angoissées lui ont demandé aide et assistance, afin qu'elle intercède près de celui qui a tout pouvoir pour lier, châtier les « enquéraudeurs », et les empêcher de nuire. Elles ont assuré qu'elles se cotiseraient, pour mériter une telle faveur.

Deux jours après, tôt le matin, alors qu'il se prépare à partir prendre son travail, Ernest Calidon a la surprise de trouver son chat étranglé, pendu à la barrière de sa cour, avec cet écriteau : « chat de sorcier ».

Il rentre chez lui, tenant, à bout de bras, le cadavre raidi. Toute la maisonnée l'entoure : sa femme, Juliette, son gars,

Louis, avec, dans les yeux, un sentiment de douloureux étonnement, de terreur.

Ernest Calidon qui tremble un peu, se met à bégayer :

— Ça... c'est-c'est... c'est trop... Ça peut... ça peut pas durer... plus, plus longtemps...

Demain samedi, il ira trouver les gendarmes, voir l'abbé Pascal, le desservant de la paroisse.

Quant à Louis, il est resté, une partie de la matinée, assis sur l'âtre de la cheminée, à contempler le cadavre du chat.

Il a dit à sa mère :

— Tu verras : I nous ferons tous mourir !...

29

Ernest Calidon s'est mis en dimanche, pour se rendre, au canton, à la gendarmerie, et au presbytère de Mesnilrault, où habite le desservant de la paroisse, l'abbé Pascal.

Le long de la route, sur sa mobylette, il a pensé dans sa tête, il a évalué les avantages et les inconvénients qu'il avait à accomplir ces deux démarches. Pour tout dire, il n'est guère rassuré : les gendarmes, le plus souvent, prennent fait et cause pour un certain nombre de gens, surtout pour ceux qui ont pignon sur rue. Peut-être le mettront-ils dehors, avec des menaces ? Mais il ne peut plus revenir en arrière.

A la porte de la gendarmerie, il hésite encore... Même si vous n'avez pas tué, ni volé, on n'est jamais hardi d'aller raconter un morceau de sa vie devant des gens qui, par leur profession, vous posent toutes sortes de questions.

Il entre pourtant, pour se trouver devant le brigadier en personne, lequel en le voyant très embarassé, l'invite, sans plus de manières, à le suivre dans son bureau, à s'asseoir. Il se trouve, tout de suite, en confiance. Vite, en tournant sa casquette entre ses doigts, il explique...

Il se présente... Il a toujours travaillé dans le canton. Il n'a jamais eu de procès, ni d'affaire avec les tribunaux. Le brigadier l'encourage, d'un franc sourire.

« Vous comprenez, monsieur le brigadier, je m'occupe de personne, ma femme non plus ! On demande rien aux gens. Je leur dois rien. J'ai toujours rendu service, quand je pouvais ; ma femme aussi... »

— Tout cela est parfait. Mais je ne vois pas où vous voulez en venir...

— Excusez, j' vas vous dire... Eh, ben, malgré tout ça, et je n' sais pas pourquoi, on fait tout pour nous détruire, moi et mes gamins...

— Voyons... Expliquez-moi... Vous détruire ? Comment ?

— Ben, voilà !... I se sont tous mis dans la tête que, pour ainsi dire, j'étais une espèce de sorcier... Que ce s'rait moi qui jetterais du mal comme de la poudre à perlin pin pin, et tant et plus, dans la commune...

Le brigadier, en vingt ans de carrière, en a vu de toutes sortes ; il ne rit pas. Rien ne pourrait l'étonner :

— Oui, je vois... Continuez. Il y a longtemps de cela ?

— Ça fait bellement un an ! I sont combien ? Une vingtaine, en tout, à me tourner le dos, comme si j'étais une bête puante... A me maltraiter... Oui, comme je vous l'dis ! Et, mon gars, ma fille, les gamins et les jeunes de leur âge, leur tournent le dos aussi, sans vouloir leur z'adresser la parole. Mon gars, d'puis quèque temps, en est tout retourné et malade... Et ma femme et ma fille n'en vivent plus... C'que j'peux vous dire, monsieur l'brigadier, c'est que je n'comprends rien à leurs histoires. Moi, j'suis un honnête homme... Faut me croire. Mais, pour tout vous dire, j'en peux plus...

Le brigadier semble être au courant des affaites de Sainte-Apolline, plus qu'il ne veut le laisser paraître :

— Vous ne vous rappelez pas avoir dit quelque chose ? Des paroles qui auraient pu les effrayer ?

— Je vous dis, moi, que je n'm'occupe de personne proteste Ernest Calidon... Bonjour, bonsoir, un point c'est tout. Tenez, pas plus tard qu'y'a deux jours, mon chat... I m'ont tué mon chat ! Pendu à ma barrière, avec un écriteau : “Chat de sorcier”. Eh bien, j' vas vous dire, ça m'a fait peur, j'ai eu peur pour ma fille, pour mon gars, mon gars surtout... J'sais pas, mais... J'ai peur, à présent... Au point où i z'en sont, i sont capables de tout !

Le brigadier essaie de le rassurer, d'un geste :

— Il ne faut pas vous mettre dans cet état.

Mais l'autre bégaie, dans une sorte de sanglot :

— I m'ont... m'ont foutu dehors !... Pasque... Je, je...

portais malheur chez eux... Y'en a qu'i leur montent la... tête. Qui ça ?... Paraît qu'y'a un bonhomme et une... bonne femme... Moi, j'ai jamais... jamais fait de... tort à personne. Je ne crains pas... Mais... mais faut arrêter tout ça, monsieur... Monsieur le brigadier... A la maison, on n'vit plus... de jour et de nuit... de savoir c'qu'i vont inventer... sur notr'dos...

— Bon, écoutez-moi, dit le brigadier, en prenant une feuille de papier, monsieur Calidon, faites-moi confiance. Je vous promets de faire cesser cette... persécution. Seulement, j'ai besoin de connaître les noms de ceux et de celles qui font courir ces bruits...

Embarras d'Ernest Calidon :

— Dame...

— Comprenez-moi : si vous voulez que tout cela cesse, il faut que (discrètement) je puisse les rencontrer. Mais je vous promets... Je vous donne ma parole qu'il n'y aura pas de procès. Cela restera entre nous... Et je vous assure que tout cessera, avant peu !

— Ben dame... Ben dame... Y'aurait la veuve d'Albert Rousset, des "Quatre Vents", Marcel Pronier, qu'habite pas loin, et surtout sa fille et son gendre : les Roulard, qui sont mes voisins, Tilleul, aussi, Jean Tilleul, Demarre, qu'est à la ferme du château... En tous cas, pour moi, c'est les principaux...

— Je les connais... Ce sont, tous, des conseillers municipaux de Sainte-Apolline ?

— Ben... Oui... C'est vrai... Mais j'y peux rien. C'est tel que j' vous dis, et pas autrement...

Il regarde le brigadier prendre note ; il se ravise :

« Et puis... Y'a la "Vallonne"... Oui, Julie Vallon, c'est elle qui leur monte la tête, dans la commune... Sauf votr' respect : c'est une sacrée garce, qu'est mauvaise comme le diable. C'est par elle que tout a commencé, je l'sais bien ! C'est la cousine à Pronier ; elle était comme l'cul et la chemise avec le vieux Rousset qu'est mort. Tous gens pour emmerder l'pauvr' monde !

Le brigadier écrit. Ernest Calidon s'inquiète :

— Mais vous pensez... Qu'i vont pas...

— Non... Je sais comment faire ; rassurez-vous... Nous

avons des moyens radicaux pour arrêter les épidémies de bêtise et de méchanceté... De votre côté, ne vous avisez pas de vouloir vous faire justice, vous-même ! Ne parlez de votre visite ici, à personne. Moi, je ne vous ai pas rencontré. Et bientôt, vous n'aurez plus rien à craindre, de la part de personne. Rassurez votre famille. Je m'en occuperai, moi-même. La peur du gendarme est le commencement de la sagesse.

Ernest Calidon respire enfin. Le voilà libéré de presque toutes ses craintes, puisque le brigadier est de son côté :

— J'vous sais bien gré de c'que vous allez faire...

Il se lève. C'est le brigadier qui lui tend la main ; il le reconduit jusqu'à la porte extérieure :

— Vous avez bien fait de venir... Allez, bon courage ! Au revoir !

Ernest Calidon était arrivé, à reculons, craintif. Il s'en retourne, revigoré : il y a encore une justice ; on verra ce qu'on verra ! Sur le chemin du retour, il fait un léger crochet, pour se rendre à Mesnilrault, où habite le desservant, l'abbé Pascal, afin de lui confier ses ennuis.

Il parvient au presbytère, sur le coup de onze heures. Mesnilrault est une grosse bourgade, la seule à compter près de mille habitants, avec le canton. Elle a été aux 4/5 démolie par la guerre de 1944. Reconstruite, il y a environ trente ans, avec ses trois boutiques rénovées, ses deux lotissements flambants neufs, elle semble avoir, à son profit, capté le reste de vie qui subsistait encore dans les villages des alentours.

L'abbé Pascal dessert, à lui seul, sept paroisses. Il habite une maison de belle apparence (l'ancien presbytère entièrement reconstruit), près de l'église, rebâtie elle aussi.

On entre chez lui, sans attendre de réponse après avoir sonné. On se sent aussitôt presque chez soi, dès le premier contact, parfois en sirotant, en sa compagnie, une tasse de café, histoire de favoriser la conversation.

Le paroissien de Sainte-Apolline-des-Champs connaît bien le curé, son curé. Il a eu, ces derniers mois, l'occasion de le rencontrer plusieurs fois, lors de la « profession de foi » de Juliette, sa fille. Il le sait « très causant ». L'accueil qu'il reçoit ne le déçoit pas :

— Entrez, Ernest. Entrez ! Justement, je devais allez chez vous... Tout compte fait, je préfère vous recevoir chez moi...

— C'est moi qui suis bien content de vous trouvez... Si vous saviez c'qu'i m'arrive !

Il le fait asseoir dans le petit bureau encombré de dossiers et de livres.

— Écoutez... Je pense en savoir l'essentiel... Et la brave Angéline, qui a beaucoup de sympathie pour vous, m'en a dit long... Assez, pour comprendre ce qui se passe...

Ernest Calidon, la casquette sur le genou, penché en avant, se trouve rassuré, et fort aise de n'avoir pas à reprendre son histoire en détail :

— Faut vous dire, Moussieu l'curé, que ça fait bellement près de deux ans que ça a commencé... Mais pas comme à présent ! I se sont mis dans la tête que je leur faisais du mal. Pensez ! Moi, qui s'rais, comme pour ainsi dire, un sorcier... ou tout comme ! Tout c'qu'i ne va pas chez eux, c'est de ma faute ! Et, le pire, c'est qu'après la mort du père Rousset, on va dire que c'est moi qui l'ai fait partir... Vu que... Avant sa mort, j'ai eu des mots avec lui. Oui... J' lui ai dit qu'i mourrait de méchanceté... Alors... Vous pensez... Que, sa femme va crier que c'est moi...

Il énumère tous les malheurs et les malchances dont il serait à l'origine, dans la paroisse de Sainte-Apolline...

« Et v' la t-y pas, à présent, qu'i m'ont tué mon chat. Ils l'ont pendu, avec ce mot-là : "chat de sorcier". C'est quand même un brin dur, de voir ça ! Je les crois capables, tous, autant qu'i sont, de bien d'autres choses encore. Le pire, c'est que ma femme et mes gosses en sont tout retournés... Louis, mon gars, surtout, i vont me l' rendre fou... Et c'est l'médecin qui m'a dit de voir les gendarmes. J'en viens »...

Il conte, par le menu, sa rencontre avec le brigadier. Le curé l'approuve, avec chaleur :

— Voilà ce qu'il fallait faire. Je connais l'adjudant qui est un homme intelligent et humain. Vous pouvez me croire, il aura vite fait de les mettre au pas. Avant huit jours, je vous assure qu'ils vous laisseront tranquilles. Ils craindront les gendarmes plus que le diable. Je dirai un mot, aussi, quand l'occasion s'en présentera. Ernest, vous avez ma parole... Mais rassurez-votre famille !

Ils parlent de travail, de la réussite scolaire de Juliette qui est entrée en 6e, un an en avance. Ernest en bégaie et rougit de fierté :

— J'suis bien content... J'peux pas vous dire le contraire... Pour des p'tites gens comme nous, ben, j'dis que c'est bien de la chance !

Il part, avec un large sourire, conter aux siens, le résultat de ses démarches ; à la gendarmerie, comme au presbytère, au moins, il n'a rencontré que de « bonnes personnes », et qui vont — « c'est une affaire sûre et certaine » — le tirer de ce mauvais pas.

30

La fourgonnette bleue de la gendarmerie, dès le début de l'après-midi, a sillonné les routes de Sainte-Apolline ; elle a stationné sur le parking, devant l'église. Plus de dix personnes l'ont vue ; elles ont vu les uniformes : elles se sont posé la même question :

— Pourquoi ? Pour qui ?

Jérémie a interrogé, en vain, le patron du bistrot, le secrétaire de mairie, dont c'était le jour de permanence ; il a rôdé sur la place, jusqu'à ce que le brigadier l'interpelle, pour lui demander où habite madame Vallon, madame Rousset, Marcel Pronier, et sans lui donner nulle raison. Le sacristain n'a pu rien savoir. Et la fourgonnette bleue est repartie. Elle s'est arrêtée au carrefour des « Quatre Vents ». De chez eux, Julie Vallon et Marcel Pronier l'ont aperçue, non sans une certaine appréhension.

Rose Rousset a donc reçu la première, la visite des gendarmes. Elles les a fait entrer et s'asseoir. Elle a fondu en larmes, pour gémir sur son sort de veuve, avant même qu'ils aient eu le temps d'expliquer la raison de leur visite...

— Ah ! messieurs... Je comprends que vous fassiez une enquête... Après le malheur qu'est arrivé !...

Le brigadier prend un air étonné :

— Je ne vois pas ce que vous voulez dire...

Il retire son képi, le pose sur la table ; il attend, elle gémit :

— Ben, oui... Vous avez bien su comment tout s'est passé, pardi ! Ce gars-là agit, de toutes sortes de façons, pour nous faire du mal... C'est lui qui l'a... ou pour ainsi dire... fait mourir... J'vous en supplie, faut que vous fassiez quèque chose pour le punir et nous en débarasser...

C'est l'autre gendarme, Mathieu Grolet, un bon gros, à la mine de joyeux vivant, et qui exerce dans le canton, depuis bientôt quinze ans — c'est lui qui interroge, innocemment :

— De qui voulez-vous parler, madame Rousset ?

Elle se contente de renifler sa peine. Puis :

— Tout le monde, dans la commune... sait bien qu'il est dangereux.

Les deux hommes la fixent, d'un regard froid.

« Vous pouvez bien vous renseigner. Vous verrez ! »

Pleurs, sanglots, n'émeuvent guère les gendarmes.

« Y'a pas à dire : c'est bien lui, un mois avant, qui a dit à mon pauvre Albert : "Vous mourrez... de méchanceté". Pensez ! Lui qu'était la bonté en personne ! De méchanceté, il n'en avait pas pour un sou ! Il a dit ça, je l'jure ! Tiens, là, sur le pas de la porte... et un mois plus tard... Faut que la justice le punisse ! »

De nouveau, sanglots, larmes. Les deux hommes patientent. Le brigadier intervient, enfin :

— Je comprend votre chagrin... Mais, dites-moi, de qui s'agit-il ? Quel est celui que vous accusez... de meurtre ? La chose est grave. Vous confondez imprécation de colère et menace directe... Qui vous permet ?...

— Eh, bien, moi, j'vas tout vous dire : c'est, ni plus ni moins, que Calidon... qu'est cause de tous nos malheurs... dans tout le hameau ! Vous ne m'enlèverez pas ça de l'idée !

— Vous accusez monsieur Calidon du meurtre de votre mari ? interroge le gendarme Grolet.

Elle marque un instant d'hésitation.

— C'est tout comme, dit-elle...

— Soyons clairs, intervient le brigadier, d'un ton sévère. Oui ou non, accusez-vous monsieur Ernest Calidon du meurtre de votre mari ? J'enregistrerai alors votre plainte. Je dois vous prévenir : si votre plainte s'avère fausse, monsieur Calidon sera en droit de vous attaquer en justice, en diffamation ; et vous risquerez la prison. Réfléchissez bien !

Elle prend le temps de sécher ses larmes, en regardant, en coin, le gendarme Grolet qui a déployé ses papiers sur la table, et qui s'apprête à rédiger la déclaration qu'elle fera, au sujet d'Ernest Calidon.

— Alors, quelle accusation portez-vous contre monsieur Ernest Calidon ?

Rose Rousset a repris ses sens. Elles les regarde, d'un air soupçonneux et buté, car il lui faut, à présent, mesurer ses paroles. Elle baisse le nez pour marmonner :

— Son garçon, c'est du pareil au même...

— Vous l'accusez aussi, sans doute ?

Elle ne veut pas entendre la question du gendarme Grolet. Comme si elle se parlait à elle-même, elle ajoute :

— Je l'ai bien vu... Comme je vous vois... Là, devant la porte, son garçon, Albert était core tout chaud... Et tout c'qui s'en suit...

Le brigadier s'impatiente :

— Madame Rousset, vous, votre mari, et bien d'autres dans la commune, vous avez fait d'Ernest Calidon, le bouc émissaire, ou, si vous préférez, la cause de tous vos malheurs, par de la soi-disant sorcellerie. Monsieur Calidon serait en droit d'introduire une action en justice, pour diffamation et préjudice moral. Cela pourrait vous valoir de payer une forte amende, au titre de dommages et intérêts, et même, peut-être, de connaître la prison. Nous allons faire une petite enquête... Et si monsieur Calidon a de nouvelles raisons de se plaindre... Alors, je puis vous dire qu'il y aura un procès, au tribunal. Et vous n'êtes pas la seule, en cause, dans le pays... Mesurez vos paroles et vos menaces...

Cette fois, Rose Rousset devient muette. Ses lèvres tremblent. Elle se ressaisit :

— J'vous crois... J'vous crois, messieurs...

Les bras croisés sur la poitrine, debout, elle est devenue très pâle. Elle se pelotonne sur elle-même, près de la cheminée.

Ils s'en vont, en esquissant à son adresse, un vague salut.

Cent mètres plus loin, la fourgonnette bleue, au bas de la côte, stoppe juste sous les fenêtres de Julie Vallon, en face de la ferme de Marcel Pronier. Elle les attendait, plantée sur le seuil, la cigarette aux doigts, l'œil narquois. Ils la connaissent bien. Combien de fois ne sont-ils pas entrés chez elle ! N'est-elle pas au courant de tout ce qui se passe dans la commune !

Elle répond, par un signe de tête, à leur salutation. Sans aucune aménité :

— Entrez donc, dit-elle...

Ils la suivent et s'asseoient, sans façon, sur le banc à dossier, le long du mur. Elle s'installe dans son fauteuil d'osier et rallume sa cigarette. Le gendarme Grolet qui, bien des fois, a pris le café chez elle, se tient, penaud.

— Madame Vallon, commence le brigadier, vous connaissez Ernest Calidon ?

Elle fronce le sourcil ; et, après une bouffée, d'une voix lente :

— Ben... Dame, bien sûr que je l'connais ! Qui c'est-il qu'il a fait, encore ? C'est pas son gars plutôt qu'aurait fait des siennes ?

Léger embarras du brigadier qui se rend compte qu'on veut jouer la fine mouche :

— Je ne vais pas y aller par quatre chemins : vous connaissez bien les Calidon ?

— J' les connais... J' les connais... Faut pas exagérer : j'les connais, comme tout l'monde ! C'est-à-dire, pour des pas grand'chose. Rien de plus. Je n' les fréquente pas ! Dame, non !

— Je pense, madame Vallon, que vous avez une part de responsabilité, dans cette soi-disant affaire de... sorcellerie, dont on accuse les Calidon, qui seraient, selon vous... J'insiste : selon vous, à l'origine, pratiquement de tous les malheurs qui ont lieu dans la commune. Et cette accusation aboutit à une véritable persécution de cette famille. Je vous avertis que ce genre d'affaire se termine au tribunal... et à la prison.

— Je n'sais rien... J'n'ai rien à faire avec ces gens-là, dit sèchement Julie Vallon.

— Si vos manières d'agir et d'exciter les gens contre cette famille ne changent pas, j'engagerai Ernest Calidon à porter plainte contre vous, spécialement... Oui, oui, ne protestez pas : je suis très au courant... Je sais que vous êtes à l'origine de toute cette affaire... Vous suscitez une terreur collective... Quel intérêt avez-vous à cela ? Je l'ignore encore. Mais je le saurai... Et vous feriez bien de conseiller à ceux, justement, qui ont... intérêt à terroriser les gens, de se tenir tranquilles... Encore, dernièrement, on a condamné ceux qui exploitaient, à la fois, la misère et la bêtise humaine... S'il arrivait, à la suite de cette campagne de... d'affolement, des ennuis à la famille Calidon, nous pourrions nous revoir ; et, cette fois, ce ne seraient plus de simples avertissements...

Elle ne bronche pas ; mais son regard s'est durci. Elle agrippe les accoudoirs de son fauteuil ; elle gronde :

— C'est-il que vous croyez me faire peur ?

— Que vous ayez peur ou non, cela m'est égal... Mais c'est à vous de faire cesser cette véritable campagne de diffamation... C'est un premier et dernier avertissement ! Vous pourrez prévenir vos amis, et les engager à la discrétion...

— Moi, j'ai rien à voir, dans tout ça...

Elle prend le parti d'ignorer la présence des gendarmes, pour se pencher ostensiblement vers la fenêtre, et guetter la venue d'imaginaires passants.

Sans un mot, les deux hommes quittent la place et s'en vont, de l'autre côté de la route, frapper à la porte de Marcel Pronier. Celui-ci, à la vue de la fourgonnette bleue, s'est éclipsé pour achever un travail urgent, quelque part, dans un champ éloigné, a-t-il précisé à Juliette, sa femme.

Elle reçoit les gendarmes. Les manches retroussées, elle est devant son évier, en train de faire sa vaisselle. Ils la saluent, s'excusent du dérangement. Le brigadier lui explique les raisons de sa visite. Le gendarme Grolet demeure près de la porte, comme pour se faire ignorer. Elle continue sa besogne, les manches retroussées, toute occupée à frotter sa marmite, indifférente, comme si les mises en garde qui lui sont assénées ne la concernaient pas.

— Nous, vous savez, on s'occupe de personne. Et Calidon, on le connaît comme ça, pour le voir... C'qu'i fait ou fait pas, nous, on s'en fout... Pour tout vous dire...

Le brigadier rit, — il n'est pas dupe — en prenant à témoin son collègue qui, pudiquement, détourne la tête :

— C'est étonnant ! Voyez-vous, je m'en doutais... Vous ne savez rien. Et personne, ici, ne connaît Calidon, ou si peu... Et vous n'êtes pour rien non plus, dans cette persécution organisée. Eh, bien, je vous demande, avec votre fille, Madame Roulard, d'essayer de vous souvenir... et de cesser ces accusations qui datent d'un autre siècle, si vous ne voulez pas, vous et les autres, vous retrouver au tribunal, pour diffamation... Vous vous rappellerez mes paroles à monsieur Pronier.

La fourgonnette bleue reprend la route, pour parvenir chez la fille et le gendre de Marcel Pronier : les Roulard.

Jeanne Roulard a été prévenue et chapitrée par Julie Valon, au téléphone. Ne pas s'émouvoir, a été la consigne donnée.

Le brigadier n'ira pas par quatre chemins :

— Nous sommes au courant de la démarche innommable que vous avez faite, l'année dernière, avec d'autres, à l'école, pour signifier à l'institutrice d'exclure la fille des Calidon. Et sous quel prétexte ? Je vous le donne en mille : parce qu'elle était fille de sorcier, et sorcière elle-même.

Jeanne Roulard ne sonne mot.

« Si ce n'est pas du racisme cela ? De la diffamation ? Je veux bien être en prison, ce soir. Vous savez ce que cela peut vous coûter ? Nous sommes au XXe siècle ! Et l'on ne brûle plus les sorcières...

— Moi... Moi, j'ai rien fait, proteste timidement la jeune femme, avec un imperceptible tremblement dans la voix. C'est eux... avec tout c'qu'i sont capables...

Elle a un rire nerveux, comme pour tenter de cacher la peur qui l'a envahie.

— Les Calidon sont bien vos voisins, tout près, là-bas ?... »

Le brigadier l'observe, un instant, puis :

« L'histoire du chat pendu, cela ne vous dit rien ? »

Jeanne Roulard pousse un cri :

— Ah, ça, non ! C'est pas nous ! Je l'jure... sur la tête de mes gamines !

Elle se met à sangloter, se cache le visage dans ses mains, comme si l'évocation du chat l'avait terrifiée.

— Bon... Je vous crois...

Le brigadier s'apitoie, en silence, d'abord. Puis :

« Que ma visite vous serve de leçon... d'avertissement. Le dernier ! Cessez de raconter des mensonges sur les Calidon... Ou bien... Ou bien vous pourriez, votre mari et vous, avoir à vous en repentir... Vous me comprenez, madame Roulard ? Il y a des juges et des tribunaux, qui punissent sévèrement de genre de délit... qui peut être aussi un crime. A la première plainte de monsieur Calidon contre vous, il y aura immédiatement une action en justice... Dites-le bien à votre mari !

Ils tournent les talons, sans être entrés chez les Roulard.

Jean Tilleul bénéficie, lui aussi, de leur visite. Leur voiture est rangée sur l'accotement de la route passagère, à l'entrée du court chemin qui mène à sa ferme, bien en vue, comme aux autres arrêts. Ainsi, pourra-t-on facilement identifier tous ceux et toutes celles qui auront eu, cet après-midi, un tête-à-tête avec les gendarmes.

Jean Tilleul a été prévenu, lui aussi, de leur possible arrivée. Il n'a pas osé quitter la place. Il a attendu, deux heures durant, leur venue ; il a fait le guet, pas très fiérot, en imaginant les meilleurs alibis, pour se disculper dans cette affaire d'envoûtement.

Dès qu'il les aperçoit, il va vers eux, d'un pas qu'il veut calme, mains dans les poches, arborant un sourire de commande, qui doit manifester sa parfaite innoncence. Le gendarme Grolet connaît bien le chemin de la ferme de « la Malloire », pour s'y rendre une dizaine de fois l'an. Un excellent moyen de connaître la mentalité des gens de Sainte-Apolline. Pourtant, jamais, au grand jamais, Jean Tilleul ne lui a livré le moindre écho sur cette histoire de sorcier. Et le gendarme Grolet, le premier, serre la main du fermier.

— Entrez, messieurs, entrez !

Ils le suivent et refusent tout net la rituelle tasse de café : ils sont en service ! Ce qui inquiète un peu Jean Tilleul ; il ajuste et réajuste sur sa tête sa casquette. Une fois assis, c'est le gendarme Grolet qui prend la parole, comme il en avait été convenu avec son chef :

— Vous êtes au courant de ce qui se passe actuellement dans la commune. A propos d'Ernest Calidon...

L'autre joue l'étonnement :

— Attendez voir... Ernest Calidon ?... Ben... Pour dire que je l'connais pas... Mais pour dire que je l'connais vraiment... Ça, non... Mais qui c'est-il qu'il a fait, core ?...

— Pourquoi encore ? Vous devez bien le savoir, intervient le brigadier.

— Ma parole ! Ma foi, non !

Il tire sa casquette, la remet. Après un silence :

« I travaille pas dans la commune... depuis beau temps. Alors... On le voit pour ainsi dire pas... Même pas l'dimanche, quand y'a une messe... J'vous l'dis...

— Quand même... Malgré tout... Vous êtes bien au courant de tout ce qui se dit sur lui ? Nous ne sommes pas à Paris, ici ? Tout se sait, et plus vite que vous voulez bien le dire.

Jean Tilleul hausse les épaules ; il soupire :

— Moi... Vous savez...

Il grimace ; il a un geste évasif.

— Allons, monsieur Tilleul, dit sèchement le brigadier, vous n'êtes ni bête, ni sourd. Alors, ne vous moquez pas de nous...

Et, soudain, Jean Tilleul se souvient :

— Ah, oui, Calidon ! Ah, oui, c'est vrai : paraît qui s'rait un brin sorcier ?

Il rit bellement :

« Pensez-vous ! Moi, j'ai jamais cru à une pareille baliverne ! Je l'connais... d'puis combien ? Vingt ans... et plus. Non... C'est pas un gars à s'amuser à des bêtises pareilles...

— Nous ne sommes pas à un interrogatoire, précise le brigadier... Je n'insiste pas... Mais je vous demande seulement, avec vos amis, de mesurer vos paroles, à l'avenir, en vous rappelant que la diffamation peut vous amener de graves soucis, non seulement avec nous, mais surtout avec la justice... Je n'ai pas le temps de préciser. Mais je suis certain que vous m'avez parfaitement compris. »

Il s'éclipse, sans plus d'explications... Au dehors, la pluie tombe avec la nuit.

31

Le maire de Sainte-Apolline a reçu la visite d'un notaire de Coutances à la recherche d'une « maison de maître », comme l'on disait, jadis, en Cotentin, une sorte de ferme-manoir, de bel aspect, et qui sera payée comptant par des amateurs anglais.

Depuis le début de cette année 1989, les anglais ont un pied-à-terre dans un village sur deux, en Basse-Normandie. Cette invasion pacifique, cette fois, est particulièrement accentuée dans la Manche... Ce sont des anglais qui achètent, en particulier, les bâtiments des fermes désormais inhabitées, même isolées, même loin de la mer.

Ils sont donc venus à Sainte-Apolline-des-Champs (le lointain fondateur de la paroisse n'était-il pas allé en Angleterre faire fortune avec Guillaume !). Aucune des six maisons, dans la commune, n'a retenu leur attention. Non. Mais ils ont jeté leur dévolu sur le presbytère de Sainte-Apolline, bien qu'il ne soit pas mis à vendre. Ils ont offert la somme de 650 000 francs. Une belle occasion à saisir, puisqu'il n'y aura plus de curé.

Bernard Levert a aussitôt réuni le conseil municipal, afin de prendre, dans l'immédiat, une décision. Un semblable amateur ne se retrouvera peut-être pas.

On veillera longtemps, ce soir-là, à la mairie. Faut-il vendre ? Ou ne pas vendre ? Là est toute la question...

L'école, le presbytère (des bâtiments communaux !) sont l'orgueil des conseillers ; ils les considèrent un peu comme un bien de famille. Et, en Normandie, on ne vend pas le bien de ses parents.

Que diront les électeurs ? Les vieux surtout qui ont des souvenirs attachés à ces bâtiments ?...

Mais, revient, sans cesse, l'argument qui éteint toute discussion : 650 000 francs, ce qui fait, en anciens francs : 65 millions, à verser dans la caisse de Sainte-Apolline-des-Champs, presque vide, « puisque le gouvernement, dit le maire, veut la mort ou la fusion des petites communes ; ce qui est du pareil au même »...

— Soixante-cinq millions ! C'est quand même une belle somme ! dit-il, rêveur...

— Oui... Mais si on vend, on n'aura plus rien, fait remarquer Bernard Lafue...

— Si on vend pas, nous, intervient Bernard Levert, quand i vont fusionner les communes, d'office, ça s'ra vendu, et l'argent de nos bâtiments, il ira où ça ? Hein ? Dans les communes d'à côté. Alors, au point où on en est, mal pour mal, autant que not'commune en profite... Pour elle... Pas vrai ?

Alors, bientôt, tous, en chœur, de reprendre :

— Ça, c'est bien vrai ! Vaut mieux vendre !

— Surtout, ajoute, Jean Tilleul, qu'on trouvera bien à placer les soixante-cinq millions... Nos ch'mins...

— Mais y'a Angéline, qu'est dans le presbytère ?

Après la mort de l'abbé Pouélat, le dernier curé, on a laissé Angéline habiter le presbytère, pour le restant de ses jours, sans lui réclamer de loyer, à charge par elle de le tenir ouvert, et de s'occuper de la propreté de l'église.

Le maire n'y avait pas pensé...

— J'irai la voir, pour lui faire comprendre qu'i vaut mieux qu'é soit à la maison de retraite... A son âge... Pensez...

— Oui, mais, qui c'est-i que les gens vont dire ? s'inquiète Marcel Pronier. Elle a toujours été là. J'l'ai toujours vue, au presbytère... Même avant l'abbé Pouélat ! Plus de cinquante ans... Pensez !

— En lui donnant un brin de temps... Pour se r' tourner...

— Et puis, spécule, Jean Tilleul... Des anglais... Ces gars-là en ramèneront d'autres... Qui sait... C'est pas les maisons qui manquent, pour faire des gîtes ruraux... Faut bien dire que ça peut rapporter autant que trois vaches. Non ?

Et la vente du presbytère est décidée, en fin de discussion, à l'unanimité et à main levée. Ce qui amène le maire à conclure sur ces réconfortantes paroles :

— Pour tout dire : c'est p't'être la meilleure chose qu'on ait faite, pour la commune, depuis dix ans. Pas vrai ?

Pas une seule protestation, ou une seule réticence !

— Et les écoles ? interroge quelqu'un. On n'sait pas...

Et l'église ? Pendant qu'on y est... Dame, reste à trouver l'amateur.

Ils rient, en se frottant les mains, comme s'ils allaient, chacun, pouvoir verser, à leur compte du Crédit Agricole, les « soixante-cinq millions » du presbytère. Avec « soixante-cinq millions » que ne réalisera-t-on pas, à Sainte-Apolline ? Et les anglais seront là... et d'autres viendront les rejoindre.

Le lendemain matin, Bernard Levert arrive au presbytère.

Il trouve Angéline devant la cheminée où flambe un beau feu. Elle lui a fait le catéchisme. Elle l'engage à venir s'asseoir près d'elle, sans cérémonies. Il s'enquiert de sa santé, évoque le passé, le temps où l'abbé Pouélat était curé, « un brave homme et qui savait ce qu'il voulait ».

Elle approuve, mains tendues vers la flamme, par de lents hochements de tête.

Faut dire, reconnaît le maire, que bien des choses ont changé...

— Et pas au mieux, dit-elle, dans un soupir... Quand je vois où en est la paroisse ! Les gens voudraient un curé ! Mais pour quoi faire ? J'te l'demande. I n'en méritent pas, que j'dis, moi.

Bernard Levert ne sait pas comment aborder le sujet qui l'amène au presbytère. Il se triture la cervelle :

— D'abord, j'voulais vous r'mercier d'avoir tenu l'église... Vous aurez rendu un fier service à la paroisse...

Et Angéline de répondre aussitôt :

— Mais... L'temps que l'bon Dieu voudra, j'compte continuer... Ça n'est pas une charge pour moi... Que non ! C'est un devoir ! Qui c'est-i qui s'en occuperait ? Les gens n'ont plus l'temps de rien faire. Comme l'disait, si justement, monsieur l'curé : i n'ont l'temps que d'mourir. Pour moi, ma place est prête, dans le cimetière... Mais d'ici là, je serai là pour tenir notre église propre, et pour prier l' bon Dieu qui y'est. J'ai pas besoin de r'merciements. Du moment que j'peux être dans le presbytère. Mais je n'demande pas aut'chose. Tu sais bien ?

Embarras de Bernard Levert, qui ne sait que dire et redire :

— Bien sûr... Bien sûr...

Il observe, de biais, ce visage ridé, jauni, marqué de taches de vieillesse, que le feu éclaire... Un visage qui respire la douce paix des âmes simples.

« C'est que... Je m'demande comment on va bien pouvoir faire... Vous savez bien que la commune n'a pas de moyens, ou pour ainsi dire... Les bâtiments nous coûtent cher, malgré tout... Y'aurait des réparations à faire... Et c'est l'argent qui nous manque... même pour nos ch'mins vicinaux...

— Dame, ça s'peut bien... Tu n'voudrais tout de même pas vendre nos écoles ?

— Les écoles ? Non...

— Et l'presbytère non plus ? Monsieur l'curé a toujours dit que c'était la plus ancienne maison du canton... Il a été bâti en quinze cent et quèque. Le « Manoir Presbytéral », comme ils disent, dans les vieux papiers...

— L' presbytère ? Ça, c'est autr'chose ! Ma pauvr' Angéline, on fait pas toujours c'qu'on veut, comme vous savez. Et surtout de nos jours...

Et sans plus de précautions, il lui assène :

« Faut bien vous l'dire : l'presbytère est quasiment vendu !

— Vendu !

Elle lui saisit la manche, le secoue, afin qu'il s'explique :

« Mais à qui donc ? Y'en a autant qu'on veut, à vendre, des maisons, dans la paroisse !

— A des anglais... qu'ont de l'argent... et qui payent comptant. A l'heure qu'il est, c'est important !

Elle ne pousse pas les hauts cris, ne proteste plus. Bien sûr, le maire lui avait promis qu'elle demeurerait, sa vie durant, dans le presbytère ! Elle se penche vers le foyer, pour réajuster les tisons, déjà résignée. Elle se redresse, semble réfléchir, et dit, d'une voix calme :

— Ben... Dame... Faut bien se faire une raison... Fallait bien penser partir, d'une façon ou d'une autre...

Le maire se veut rassurant :

— Mais vous avez bellement... un mois... deux, au plus... pour vous r' tourner... Vous savez, on vous met pas dehors !

Elle avait pensé mourir à Sainte-Apolline, sans avoir à passer quelque temps à l'hospice. Mais, jamais, elle n'a gémi sur son propre sort. Pour elle, les choses ont toujours été ce qu'elles auraient dû être, un point c'est tout. Rester ou partir...

Elle se lève.

— C'est pas tout ça. I fait pas chaud... Tu vas quand même bien prendre une tasse.

Il refuse, d'abord, car bien des besognes l'attendent. Elle insiste ; il accepte. Tout en attisant les braises du foyer, en prenant la cruche :

« J'en ai justement du frais, d'hier »...

Ils s'installent devant leur tasse. Ils parlent de la pluie, du froid, de la neige qui s'annonce, en bons amis. Elle a oublié la peine qu'elle vient de ressentir. Comment Angéline pourrait-elle éprouver de la rancune contre qui que ce soit ?

32

A l'heure du repas, le téléphone sonne, chez Bernard Levert, à « la Herbelière ».

— Allo ! Monsieur le maire ?

— Oui.

— Bonjour monsieur le maire. Ici l'adjudant Mazer. J'aurais aimé vous rencontrer, pour...

— Moi aussi, interrompt, Bernard Levert. Je crois que vous mettez la peur dans la commune. Ça n'est pas des manières, d'aller chez les honnêtes gens, comme ça. Ils sont venus, quatre, cinq, se plaindre à moi... Au sujet des menaces que vous leur avez faites, à ce qu'i paraît...

— Eh bien, c'est justement de tout cela que je voudrais parler avec vous...

— Oui, mais...

— Ils sont une douzaine, dans votre commune, à prendre des vessies pour des lanternes, en faisant la chasse aux sorcières, c'est le cas de le dire ! Et ces histoires qu'ils racontent peuvent les mener devant les tribunaux... ou à l'hôpital psychiatrique... Il faut me croire. Et j'ai dû le leur rappeler, sans ménagements, afin que cette véritable campagne de diffamation orchestrée par une personne de Sainte-Apolline, que nous connaissons, cesse, au plus tôt...

— Permettez, chef, je connais, aussi bien que vous, mes administrés. Ils sont pas fous, croyez-moi ! Y'a quèque chose de vrai dans c'qu'ils disent... qu'on peut pas comprendre... ni moi... ni vous...

— Ce que je comprends, moi, monsieur le maire, c'est que

ces gens, qui voient partout des sorciers, risquent d'amener de graves ennuis, dans votre commune, et plus que des délits ou de simples bagarres... Et s'il se passe quelque chose, c'est cette famille, que vous connaissez bien, qui sera, victime, d'une manière ou d'une autre.

— Mais, ce gars-là, dont vous voulez parler, n'est-il pas capable de tout ?

— Monsieur le maire, nous sommes, tous, comme vous le dites, capables... de tout... Encore, faut-il toujours démontrer la culpabilité des accusés... Et, dans cette affaire, j'ai fait, moi-même, une enquête : Ernest Calidon (puisqu'il faut bien le nommer) à ce jour, n'a rien à se reprocher, son fils, non plus. Seulement, voilà, cet homme et son fils surtout est à bout de nerfs ; et si la diffamation continue ou reprend, alors, il se peut très bien qu'il y ait des actes regrettables, dans votre commune. Ce jour-là, la justice saura où trouver les vrais coupables... Et c'est pourquoi je tenais à vous mettre au courant.

Le maire de Sainte-Apolline-des-Champs n'est nullement convaincu :

— Je crois bien que vous avez exagéré... et que vous vous en êtes pris à d'honnêtes citoyens... qui sont venus se plaindre à moi de ses agissements et de vos paroles. Et je n'peux pas laisser ça sans en parler en haut lieu...

— Monsieur le maire, ce que je peux vous dire, c'est que si ces « honnêtes citoyens » continuent leur campagne de diffamation, monsieur Calidon leur intentera une action en justice... Et c'est cette justice qui dira quels sont les vrais coupables, et qui les condamnera...

— Je suis le maire de Sainte-Apolline-des-Champs... Et je sais c'qu'il faut faire, sans avoir besoin d'avoir votre avis... Et puis, vous savez, si vous continuez à... embêter tous ces gens-là qui, je l'répète, sont honnêtes, moi, j'irai plus haut, jusqu'au député, au sénateur...

— Monsieur le maire, j'essaie de remplir mes fonctions, de mon mieux, conformément aux lois que je dois faire respecter. Mes respects, monsieur le maire...

Et le brigadier, sans plus de commentaires, raccroche. Bernard Levert n'a pas eu le temps d'ajouter un seul mot de protestation et de blâme. Il repose le combiné, avec la douloureuse impression d'avoir été victime d'une offense. Mais, comme il doit, dans deux semaines, rencontrer le sénateur Marigot, il sera encore temps de lui « dire deux mots » au sujet de ce brigadier qui outrepasse la limite de ses fonctions.

33

Louis Calidon revient d'Avranches, où il est passé, pour la dixième fois, à l'A.N.P.E., depuis près de deux ans. Il n'a aucune spécialisation. Huit patrons artisans — Huit ! — ont refusé de l'engager en tant qu'apprenti, soit comme plombier, soit comme métallier, soit comme couvreur. Vrai ou faut prétexte, ils l'ont reconnu trop âgé, à dix-neuf ans, pour apprendre un métier.

Aujourd'hui, il a eu un faux espoir. On lui avait enseigné un entrepreneur à la recherche d'un simple manœuvre. Aucune qualification n'était demandée. Il est allé sur le chantier, au rendez-vous, qui lui avait été donné. Il est arrivé à mobylette, un engin passablement trafiqué, et qui pétarade plus que de raison.

Sa venue a été très remarquée... Un gringalet en blouson noir constellé de badges multicolores, avec un jean délavé, effiloché à souhait ! Un gringalet à cheveux longs, et qui essaie de cacher un boitillement de la jambe gauche ! (Une chute de cyclomoteur, qui lui a valu quatre mois d'hôpital !...) On se moque, dans les échafaudages, de ce blanc-bec. Le contremaître qui avait toute latitude pour l'embaucher, si son impression était bonne, lui a tout bonnement signifié un refus :

— Tu t'es trompé, mon gars ! J'ai besoin de quelqu'un qui a de bons bras et de bonnes jambes ! C'est pas pour faire de la couture, ici, comme tu vois !...

Louis Calidon s'est sauvé sous les rires, jusqu'au premier bistrot, où il a bu, coup sur coup, trois bières. Il a traîné dans la campagne, avant de reprendre la route de Sainte-Apolline-des-Champs.

La porte est fermée. Il trouve la clé sur le montant, se faufile à l'intérieur, se claquemure aussitôt, comme pour se cacher. Il se laisse tomber sur le banc à dossier. Son père est au travail, sa sœur, Juliette, au collège, sa mère partie, à bicyclette, au chef-lieu de canton.

Son regard se pose alors sur une grande enveloppe. Sa mère l'a mise en évidence. Il l'examine, la retourne et retourne. L'adresse est libellée d'une manière malhabile, presque enfantine, en lettre capitales : « Louis Calidon, Sainte-Apolline-des-Champs »...

Il l'ouvre, en retire une feuille de papier, d'emballage, pliée en quatre, maculée de taches graisseuses, sur laquelle on a écrit, au stylo feutre noir, à la façon d'un texte d'affiche :

« Le 10 décembre 1989 »,

« pauvre gars, »

« T'as vraiment pas de chance. T'aurais bien voulu mette le pays dans le malheur avec ton père et puis t'as pas réussi. C'est à ton tour maintenant de payer la note, des gens qui s'y connaissent s'occupent de toi. On te tient, tu peux pas nous échapper, comme ton cha, spèce de feignant. »

Pourquoi cette lettre ? Qui ?

Il en a le vertige ; les mots dansent, s'entrechoquent dans sa tête. Il lit encore, à mi-voix, ces phrases qui le déchirent...

« On te tient, comme ton cha ! »

« Spèce de feignant ! »

Il serre les poings contre ses oreilles, pour ne plus entendre la clameur de ces gens ligués contre lui, et qui semblent soudain s'être rassemblés pour lui crier :

« Comme ton cha ! »

« Spèce de feignant ! »

Son regard parcourt la pièce, fixe chaque objet, pour se figer sur le fusil de chasse accroché au-dessus de la cheminée, et qui devient, tout-à-coup, l'instrument de sa vengeance. Et les visages défilent dans sa mémoire ; ils sont tous là, ceux et celles, qu'il faut punir, qui doivent payer, une fois pour toutes...

Et puis, il y a le flash définitif !

Il bondit, attrape le fusil, saisit, en tâtonnant, dans la boîte à chocolat, deux cartouches qu'il glisse, sans trembler, dans le canon. Il ouvre la porte, et, du seuil, brandit l'arme, en direction de la maison des Roulard, ses plus mortels ennemis, et qui est située de l'autre côté de la cour.

Il pousse un cri terrible, en ajustant le fusil sur lui. Les deux coups partent ensemble. Le chien rentre dans sa niche, en hurlant sa peur.

Enfin, il y a un grand silence, du sang partout sur le mur et sur la porte, un corps sans vie, dont la tête semble se diluer dans une immense flaque rouge, qui grandit sur le gravier.

34

— « Dans cette paroisse, il y avait un jeune de dix-neuf ans, oui, un jeune de chez nous, qui voulait travailler, qui voulait vivre dans ce pays qui est bien “son” pays. Et il est mort, victime de la lâcheté, de la bêtise et surtout de la méchanceté de quelques compatriotes qui l'ont acculé au désespoir. »

« Nous sommes rassemblés, pour entourer sa famille dans la peine. Nous sommes venus, nombreux, très nombreux... »

L'abbé Pascal, la quarantaine, le cheveu court et gris, parcourt du regard, cette assistance qui se tasse dans toute l'église, du sanctuaire au portail demeuré grand ouvert, malgré le froid de décembre. Il balance la tête, d'un air accablé.

« Pour la première fois, depuis bien longtemps, dit-il, toute la paroisse est là, les uns par une naturelle sympathie, d'autres, peut-être, Dieu merci moins nombreux, afin de manifester par leur présence qu'ils sont innocents du sang de ce jeune. Dieu veuille qu'ils montrent un repentir sincère, car ils vont porter le fardeau du remords, pendant des années, comme les parents de Louis porteront le poids de leur peine.

« Oui, présentons à celui qui voit le fond des cœurs, tout ce que Louis a souffert d'indifférence, d'injustice, de mépris. Et préparons-nous à entendre la parole de Dieu qui nous jugera, préparons-nous à célébrer l'Eucharistie, en reconnaissant que tous, ici, nous sommes pécheurs : responsables, pour une part, de la mort de celui que le désespoir à tué »...

La messe commence. Les paroissiens de Sainte-Apolline se sont disséminés parmi la foule des amis de Calidon, venus de dix kilomètres à la ronde. Dans le chœur, aucun visage connu. Même Julie Vallon a déserté son banc-observatoire ; elle est blottie au fond d'un banc de la nef ; les autres aussi.

Le cercueil disparait sous un monceau de fleurs. Quelques gerbes sont anonymes ; leurs donateurs ont attendu la mort du fils de Calidon pour reconnaître ses mérites ou son innocence.

Il n'y aura ni chant, ni harmonium, mais comme l'a dit le desservant, le silence, le silence propice au recueillement et à la réflexion.

Pour l'Évangile, l'abbé Pascal a choisi un texte extrait de Saint-Marc, au chapitre XVe...

« Quand arriva l'heure de midi, il y eut des ténèbres sur toute la terre, jusque vers trois heures. Et à trois heures, Jésus cria, d'une voix forte : "Mon Dieu, mon Dieu, pourquoi m'as-tu abandonné ?"

« Puis, poussant un grand cri, il expira. Le rideau du temple se déchira en deux, depuis le haut jusqu'en bas. Le centurion qui était là, en face de Jésus, voyant comment il avait expiré, s'écria : Vraiment, cet homme était le Fils de Dieu. »

Le desservant ferme le lectionnaire. Il se recueille, avant de s'exclamer, à la face de l'assistance tout entière :

« Mon Dieu ! Mon Dieu ! pourquoi m'as-tu abandonné ? »

Une longue pause, comme s'il voulait prendre le temps de choisir les mots qu'il doit dire :

« Il faut que ces paroles se gravent en nos mémoires, car elles sont le cri de tous les abandonnés de la terre.

« Le Christ venant parmi nous a voulu assumer totalement notre destinée humaine, du commencement à la fin. Et, dans cette ultime plainte, qui est celle d'un psaume, il a ainsi pris à son compte, jusqu'à la fin des temps, la tentation de désespérance de tous les rejetés, de tous les mal-aimés de notre pauvre terre, qui sont proposés à notre compassion. »

« Tout homme qui a de la haine pour son prochain est déjà un criminel. Oui, la haine peut tuer les faibles, les petits, les sans-défense ; et c'est la suprême victoire de l'Ennemi de l'homme, le diable. Ne le cherchons pas ailleurs. Et il répète, en les martelant, ces mots :

« Eh ! non ! Ne le cherchons pas ailleurs. »

Un silence.

« Un jour, vous et moi, nous aurons à répondre de la manière dont nous aurons accepté ou refusé de porter secours, et fraternelle assistance.

« Qu'as-tu fait de ton frère ? » nous sera-t-il demandé, par Dieu lui-même, comme aux origines, à Caïn...

« Qu'as-tu fait, nous dira-t-il, pour que ton frère ne me reproche pas de l'avoir abandonné, mais qu'il ait eu le temps de savoir, grâce à toi, que je suis un Dieu-Père ? »

« Nous n'avons pas le choix, ici-bas. Nous sommes des sauveurs... ou des assassins, même dans la simple et confortable indifférence, et, j'ose dire, par non-assistance à personne en danger. »

Il se tait, comme s'il voulait prendre le temps de faire son propre examen de conscience. Puis :

« Oui, qu'avons-nous fait pour Louis, dans cette commune, où chacun connaît chacun ? Qu'avons-nous fait, pour lui témoigner un peu de chaleur humaine ? Il s'est senti rejeté, persécuté. Oui, persécuté. Il a atteint le fond du désespoir. »

Après un nouveau silence, l'abbé Pascal conclut :

« Confions Louis à la douce pitié de Dieu. Que sa mort qui nous accuse, soit le sacrifice qui nous aide à reconnaître la nécessaire solidarité qui doit motiver nos paroles et nos actes. »

Et la liturgie se poursuit, selon les rites habituels. Il n'y aura pas de condoléances, après l'absoute. Sur le conseil de l'abbé Pascal, les parents ont décidé de les supprimer, étant donné les circonstances de la mort de leur fils. Ernest Calidon, sa femme, sa fille, Juliette, se retrouveront donc seuls, avec le prêtre, pour l'inhumation dans la tombe.

Après la bénédiction du corps, dans l'église, tous ceux et toutes celles qui ont participé à la messe sont aussitôt repartis. Quand la famille sort du cimetière, il n'y a plus âme qui vive sur la place, dans le bourg, aucun consommateur, au café. Jamais, de mémoire d'homme, on n'a vu cela.

35

Le jour même de l'enterrement de Louis Calidon, le café-épicerie de Sainte-Apolline, le dernier commerce du bourg, a fermé.

Franck et Laure Fauvel, depuis deux semaines, n'en pouvaient plus d'attendre les clients, de tenir ouvert un café et une boutique pratiquement désertés. Il leur est arrivé, certains jours, de ne voir qu'un seul client, en la personne du fidèle Jérémie, pour sa sacro-sainte tasse de café. Ils ont déjà compris que les promesses du conseil municipal n'étaient que de belles paroles, la clientèle de l'inauguration ayant fondu comme neige au soleil. Déjà, plusieurs traites sont impayées, faute d'avoir vendu le premier stock de marchandises. Toutes les économies du couple vont servir à éponger les dettes les plus criantes : ils ont pensé tenir, un mois encore, deux, au plus.

Lorsqu'ils ont appris les conditions dans lesquelles avait eu lieu la mort du jeune homme, ça été pour eux comme la révélation du véritable esprit de Sainte-Apolline ; une bêtise qui peut aller jusqu'à la tragique méchanceté... N'ont-ils pas été eux-mêmes abandonnés de tous ? Mais ce suicide dépasse tout ce qu'ils avaient pu imaginer.

Dans les deux devantures, le jour même du drame, ils ont écrit en grandes lettres blanches : FERMÉ, horrifiés de dégoût et de peur.

Jérémie, le soir de l'inhumation, seul, a réussi à s'introduire chez eux, par la porte de l'arrière du café, et en se cachant. Cette fois, il a compris qu'il n'y aurait plus désormais, ni bistrot, ni épicerie, à Sainte-Apolline, et qu'une nouvelle pancarte : A VENDRE allait être placardée.

— A présent, a t-il gémi, je sais que tout est fini. Je l'avais dit à la mère Lerenard, qu'un jour i y'aurait personne pour sonner mon enterrement.

Franck Fauvel n'a rien répondu ; sa décision est prise. Il lui a versé une double ration, dans sa tasse, comme on offre la dernière rasade de rhum au condamné. Le sacristain a saisi toute la portée du geste d'adieu ; il est resté, un long moment, tête basse ; puis :

« I manque plus, à présent, que notr' église n'ait plus d'messe, le dimanche ! Qui sait... »

Deux jours plus tard, Georges Mansart, le garde champêtre, son meilleur ami, lui annonce son départ en retraite... Il ira s'installer, près de ses enfants, à la « Cité des Anciens », au chef-lieu de canton... Et il était le seul capable de le remplacer, en tant que sonneur !...

Déjà, depuis trois mois, deux couples de cultivateurs, ayant laissé leur terre, ont pris le même chemin, pour ne pas s'enterrer vivants, ont-ils déclaré, dans un hameau quasiment vide d'habitants, et loin du supermarché, loin du médecin.

A n'en plus finir, au long des quinze jours suivants, c'est encore de mauvaises nouvelles qu'il apprendra, toutes synonymes de départ, et pour augmenter un peu plus son impression de solitude.

Durant cette même quinzaine, au panneau d'affichage de la mairie, paraît une offre d'emploi : on demande un candidat à la fonction de garde champêtre, qui devra assumer celle de fossoyeur.

Le jour de Noël, il y a messe... Il y a messe, pour la dernière fois, dans la paroisse. Les pressentiments de Jérémie se sont bien réalisés. Seules, les messes de mariage, d'inhumation, de la fête patronale, seront célébrées dans l'église. Et cette décision épiscopale prendra effet, le premier dimanche de janvier. Les pratiquants auront le choix, pour remplir leur devoir dominical, entre deux autres paroisses distantes l'une, de quatre kilomètres, l'autre de cinq, de Sainte-Apolline-des-Champs.

L'abbé Pascal l'a expliqué : quatorze prêtres sont morts, dans cette année 1989, deux ont été ordonnés. Il faut donc rassembler géographiquement les paroisses rurales. Il s'agit, maintenant, de créer des communautés suffisamment nombreuses pour qu'elles soient vivantes, autour d'un lieu de culte, que se chargeront de localiser ceux et celles qui se sentent encore concernés par ce changement.

La messe terminée, l'église se vide, dans le plus grand silence. Pour la première fois, la crèche n'a pas été aménagée. Il y a eu une pauvre assistance. Un certain nombre de paroissiens ont, en effet, considéré cette désaffection de l'église, comme une mesure vexatoire, consécutive à la mort de Louis Calidon... Marcel Pronier et Bernard Levert, entre autres, ont bien dit : ils n'iront jamais chez le voisin chercher la messe !

Le bourg est presque aussitôt désert. Pas de conciliabule, sur la place. Les quelques derniers pratiquants s'en retournent prestement chez eux, dès la sortie de l'office. Au bout d'un quart d'heure, il ne reste plus sur le parking que la voiture de l'abbé Pascal.

Il est donc venu célébrer l'ultime messe dominicale ; lorsqu'il a rangé les ornements dans la sacristie, il monte les trois degrés de l'autel.

Angéline s'est agenouillée sur le marchepied. Elle a dit au prêtre, avant qu'il n'ouvre le tabernacle :

— Voyez-vous, monsieur l'curé, j'aurai été là, jusqu'à c'qu'I parte, Lui aussi. Pour moi, de partir, ça n'a guère d'importance. J'ai jamais quitté Sainte-Apolline ; j'y suis née... J'comptais bien y mourir... Mais, à présent qu'i n'y aura plus l' bon Dieu, plus d'église... plus de presbytère... Ben, ça m'est égal, l'hospice, ou ailleurs. Je pars... Pour moi, tout est bien... Jusqu'à c'que je ferme les yeux, ma pauvr' prière, ben, ça s'ra pour ma paroisse... Après moi...

Le desservant s'en est allé, emportant la Sainte Réserve. L'impossibilité de trouver désormais une seule personne acceptant de venir prier, à l'église, au moins deux fois dans la semaine, l'a conduit à décider d'éteindre la petite lampe rouge, qui manifestait, depuis des siècles, l'invisible Présence. L'église est maintenant vide, inhabitée.

Angéline s'est attardée. Combien de temps ? Jérémie est venu sonner l'angélus. Après avoir raccroché la corde, il s'est approché d'elle, sans oser l'aborder. Les bras ballants, il détaille, du regard, l'autel de bois doré, les deux colonnes torses entourées de branches de vigne, et de grappes de raisin, qui s'élèvent en spirales vers le fronton où paraît l'image du Père éternel qui, de sa main gauche, porte un globe que domine une croix ; Jérémie est comme figé d'admiration, les yeux levés :

— C'est-il pas beau, tout ça ? Ma pauvr'Angéline ! Plus d'Bon Dieu ! Plus personne ! Et nous, tous les deux, qui sommes core vivants et pourquoi ? Pour voir ça ! C'est-il pas une honte !

Il donne un grand coup de casquette sur son genou, de rage et de tristesse. Et, sans salut, sans génuflexion, il quitte l'église. Angéline le suit, petite, cassée, enveloppée dans son immense châle noir : dernière âme qui vive de Sainte-Apolline-des-Champs.

36

Laure et Franck Fauvel n'ont pas attendu la fin de l'année, pour quitter le bourg de Sainte-Apolline-des-Champs. Un camion est venu, dans l'après-midi du 28 décembre. Le déménagement a été l'affaire de trois heures. Quand le chargement a démarré, l'angélus n'était pas sonné... Il ne sonnera pas, ce soir-là...

Jérémie n'est pas sorti de chez lui, de toute la journée, après l'angélus du matin. Il s'est claquemuré. Pour la première fois, depuis bien longtemps, il a traîné au lit. Puis il a allumé du feu dans la cheminée ; il a passé du café, plein la cruche ; une réserve pour plusieurs jours, comme s'il prévoyait soutenir un long siège. Il y a bientôt une belle flambée qui lui réchauffe le cœur, comme une présence. Quand il a bu sa première tasse de café, il s'acagnarde dans l'âtre, les bras croisés sur les genoux, les yeux fixés sur la flamme qui danse et se tord sur les tisons. Le vent souffle, à l'extérieur, gémit sous la porte mal jointe.

La veille, il a fait ses adieux à Angéline. Pour la dernière fois, il est entré au presbytère. Tous les deux sont allés réciter un *Ave* et un *Pater*, près de la tombe de « monsieur le curé ». Ils n'ont pas pénétré dans l'église. A quoi bon ? Ils se sont séparés, sans un mot, à la barrière du cimetière, où la voiture de Bernard Levert attendait la vieille femme, afin de la transporter à Avranches, pour sa dernière étape, et avant l'ultime voyage qui la ramènera à Sainte-Apolline, à l'ombre de l'église. Elle y a préparé sa tombe ; elle a « acheté sa place ».

Qu'aurait-elle à redouter, à présent ? Partir, rester, ces mots n'ont plus, pour elle, de signification.

Après le curé, la mère Lerenard, le ménage Fauvel, Georges Mansart, le garde champêtre, enfin, Angéline, dernier lien avec le passé, tous sont partis ; c'est maintenant, pour Jérémie, le désert, dans une paroisse qui n'existe plus, ou tout comme.

Il veut se cacher, comme une bête dans son trou... Tous ceux et toutes celles qui pouvaient mettre un brin d'agrément dans son existence ont fui ou sont morts, ce qui est à peu près la même chose. Plus personne à qui dire deux mots sur le soleil, le froid ou la pluie, histoire de se convaincre que l'on vit encore comme tout un chacun ! Plus personne qui accepte de tenir compte de vos petites et de vos grandes misères, même en faisant semblant de compatir !

A quoi servirait donc de sonner la cloche de l'église, qui rythmait, il n'y a pas longtemps, encore, les faits et gestes de toute une population, ses joies, ses peines, ses espoirs ?... Comme l'église, la cloche en est réduite, désormais, à servir seulement les morts ; et bientôt, la fonction principale et utile, dans la commune, sera celle de fossoyeur.

Mieux vaut briser la cloche, une fois pour toutes. Et Jérémie pense dans sa tête : il va donner sa démission de sonneur. Ce sera sa manière à lui de protester, comme le font, de nos jours, tant de gens, à la télévision, à propos de tout et de rien... Oui, il va faire la grève de la sonnerie. Mais, à vrai dire, qui s'en plaindra ?

Trois jours, Jérémie reste chez lui. Il n'en sort que pour aller au pignon de sa maison, attendre la camionnette du boulanger et du boucher. Mais, il mange sans appétit, à croire qu'il couve quelque maladie.

Le troisième jour, Julie Vallon est la première à ouvrir une enquête, près de ses voisins, les Pronier, Rose Rousset : ont-ils entendu sonner l'angélus, depuis un ou deux jours ?

« Pour moi, je suis sûre et certaine que Jérémie n'a pas tiré la cloche... Il a sans doute pris deux ou trois cuites, pour se consoler de la fermeture du café. Mais i n'a pas sonné ! Ça, non ! »

Renseignements pris dans tout le hameau, personne ne se souvient avoir perçu le moindre son de cloche, matin, midi ou soir, depuis trois jours, alors que les vents « portaient ». Julie Vallon s'empresse aussitôt de téléphoner au maire, afin de le prévenir de la défaillance du sonneur qui est « pourtant payé pour faire son travail, par la commune »... Elle ajoute :

« Ce vieux poivrot, ce feignant-là s'est dit qu'i n'a pus à s'en faire, vu qu'i n'y a pus de messe »...

Aucun ne se souvient l'avoir aperçu, depuis beau temps.

De mauvaises grâce, le maire assure qu'il va s'occuper de cette affaire. Le jour même, il vient aux nouvelles. Jérémie, un peu embarassé, avec une barbe de plusieurs jours, lui ouvre sa porte, sans l'engager à entrer ; il s'excuse, alléguant des ennuis de santé. Lesquels ? Il ne sait pas trop :

— Dame... C'est un genre de « rhumatisse » dans l'dos... J'ai dû prendre un coup de froid, en allant sonner l'angélus... Ces temps derniers, c'est qu'i n'a pas fait chaud... Et puis, l'eau, le vent... Ben, c'est que je n'rajeunis pas. Et puis... J'crois qu'i vaut mieux que t'en trouves un autre. Je n'suis pus dans l'cas, vois-tu... Et puis, à quoi ça peut bien servir, à l'heure qu'il est ?

Mollement, Bernard Levert proteste, insiste :

— Faut pas nous laisser ! Qui c'est-y qui prendra la place, hein ?

— Ah, dame ça, c'est ton affaire. J'sais bien qu'y a pus d'monde dans l'cimetière que dans la commune. Qui ? Dame, je n'vois pas... J'avais bien sûr pensé à Georges Mansart... et puis, lui aussi, est parti. Tout l'monde s'en va, c'est bien simple ! T'y peux rien. T'as fait tout c'que t'as pu, mon pauv'gars ! Faut dire c'qui est.

Jérémie trouve la force qui lui manquait, pour annoncer sa démission officielle :

« Pour dire la vérité vraie : ça m' fait deuil de sonner la cloche, alors qu'y a pus rien dans la paroisse. L' Bon Dieu m'aurait fait une grâce de m'prendre avant d'voir tout ça. Non, Bernard, c'est bien fini, pour moi, de sonner... Je n'veux pus... »

Le maire s'éclipse. Il sait à quoi s'en tenir : celui qui voudra assurer les fonctions de garde champêtre, devra aussi accepter celles de fossoyeur... et de sonneur, les choses étant ce qu'elles sont.

Vers la mi-janvier, Ernest Calidon déménage, pour aller habiter, à Coutances, une H.L.M. Sur la barrière de sa cour, à Sainte-Apolline, une pancarte a été apposée (la huitième, dans la commune) : A VENDRE.

Julie Vallon triomphe, cette fois, mais avec prudence et discrétion. Elle est allée annoncer, comme une suprême victoire, aux vrais amis, la nouvelle du départ des Calidon...

— Valait-il pas mieux que tout finisse de cette façon-là ! Calidon aurait dû comprendre, bien plus tôt... avant le malheur qu'il a eu. Dame, faut pas jouer avec ces choses-là. Je l'avais dit et répété... Je l'avais prévenu : le malheur retombe toujours sur ceux qui l'ont envoyé. A présent, l'pauvr' diable est bien avancé... Eh, oui... il a compris... mais trop tard.

Puis, elle a poussé jusqu'au bourg. L'église n'étant pas encore fermée, malgré l'avis du maire, qui est pourtant affiché sur le portail, elle y est entrée, poussée par une espèce de curiosité, comme si une mystérieuse force l'engageait à se rendre compte par elle-même du changement opéré dans ce lieu désormais sans âme, ni vie.

Elle s'est installée dans « son » ancien banc, près du portail, pour observer, à son aise, la nef, le chœur. Il lui a semblé que tout se soit figé, comme le regard des statues au front penché, et qui la dévisagent.

Elle va s'avancer, jusque dans le sanctuaire, au-delà de la table de communion, au pied de l'autel, à pas précautionneux, pour n'éveiller aucun bruit. Craint-elle que survienne le dernier curé, l'abbé Pouélat, sa bête noire et honnie ? Elle aperçoit le tabernacle entr'ouvert, la lampe du sanctuaire désormais éteinte... Elle aura vu, de ses yeux vu l'église vide ! Comme abandonnée !

Elle est sortie, par la petite porte du bas-côté, en grimaçant un sourire. Elle est passée près d'un tertre fraîchement dressé : celui de Louis Calidon ; elle a détourné vivement la tête ; elle a pressé le pas, pour jaillir littéralement du cimetière, courbée sous la bourrasque.

Pas un chien sur la place et dans le bourg. Nul n'aura donc remarqué dans l'église ou parmi les tombes, celle qu'Alexandre Gavard, son ennemi juré, appelle la « Sorcière de Paris ».

37

Vers la mi-février, deux hommes, dans la trentaine, « vêtus en dimanche », sont entrés dans la cour de la ferme d'Alexandre Gavard. Bien poliment, à distance, ils l'ont salué. Du seuil de la porte, il les a tout de suite jugés : ce ne sont pas des gens venus de Paris. Ils n'ont pas non plus cet accent apprêté, ce débit rapide des commis-voyageurs, mais une espèce de timidité dans la voix, comme s'ils parlaient sur le ton de la confidence.

Alexandre Gavard fait taire son chien. Il met les choses au point : il n'a besoin d'aucune marchandise, d'aucun matériel ; et, avec les quotas qui vous étranglent, la viande sur pied qui se vend mal, il n'est pas question, pour lui, de débourser un seul centime, dame, non ! Alors...

Ils s'approchent de lui. L'un des deux tient un livre. Le plus grand, qui semble le plus hardi, s'empresse de préciser la raison de sa démarche :

— Rassurez-vous : nous sommes des chrétiens ; nous venons à vous pour parler ensemble de la Bible et de tout ce qu'elle nous enseigne pour vivre heureux et en amis de Dieu, à une époque où tout va de plus en plus mal... Nous vous demandons seulement un entretien d'une demi-heure, pas plus. Mais nous ne faisons aucune quête, nous.

L'autre se trouve un peu décontenancé : des gens, comme vous et moi, qui arrivent vous voir, sans demander d'argent, et qui veulent seulement vous parler de religion, cela a de quoi étonner...

— Moi, vous savez, dit-il, je n'ai guère de temps... Et puis... Pour tout vous dire, je n'vas pas souvent à l'église...

D'abord, d'église, y'en a plus, ou tout comme, vu qu'on a pus d'curé... pas d'messe ! C'est-il, par hasard, le curé de Mesnilrault qui vous envoie ?... C'est lui qui fait les enterrrements, à présent, dans la commune...

Les visiteurs ont le même geste de refus ; le petit s'empresse de préciser :

— Nous n'avons aucun rapport avec lui !

— Surtout pas ! renchérit l'homme au livre. Nous, nous vous apportons la vraie Bonne Nouvelle de l'Évangile... la vérité qui libère...

Alexandre Gavard veut s'éclaircir d'un doute subit :

— Vous n'êtes pas, par hasard, de ces gens qui s'occupent, comme qui dirait, de guérir les bêtes... Pour nous aider à soigner... Pasque, là, j'en connais un qui m'a bellement roulé... Ça m'a coûté cher... Sans résultat... Un voleur, ce gars-là !

— Bien des choses ne vont pas ; nous sommes de votre avis, monsieur. Et combien de personnes s'en vont à la perdition !

— Ça, c'est bien vrai ! approuve Alexandre Gavard. Tenez, moi qui vous parle, l'année passée, j'ai perdu... oui, perdu trois vaches... Et parlons pas des cochons ! Comme vous dites : rien va plus ! Le commerce, la politique ! Et, partout qu'on se tourne, c'est du pareil au même ! Mais, dame, quoi faire ?

— Justement, monsieur, vous ne perdrez pas votre temps à nous écouter, croyez-moi ! Et vous comprendrez beaucoup de choses. Ce livre contient les réponses à toutes les questions que vous vous posez.

Il brandit, au-dessus de sa tête, un livre bleu. Alexandre Gavard se rembrunit : il n'a pas de temps à perdre, lui :

— Moi, j' travaille... Vous êtes p't'être en vacances ? Moi, non... Alors...

— Monsieur, nous sommes envoyés... C'est le Seigneur lui-même qui nous envoie vers vous. Ne laissez pas passer l'occasion de vous repentir, de connaître enfin la vérité, de faire votre salut. Nous sommes là pour venir à votre aide... Je vous en prie, écoutez-nous !

Alexandre Gavard commence à s'impatienter, cette fois. Il

ne va tout de même pas se laisser intimider par ces deux... Soudain, il a une idée...

— Tenez, v'nez putôt voir la mère... Ah, el's'ra bien contente ! Et même que ça lui f'ra une distraction... Ben oui, puisque l'curé n'vient pas... Et pour cause ? C'est qu'on en a pus.

Il leur fait signe de le suivre, et les précède de l'autre côté de la cour, vers l'ancienne écurie, pousse la porte vitrée de la pièce où se trouve, grabataire, sa mère.

— Tiens, la mère, v' la d' la visite ! Allez, entrez ! Prenez votr'temps ! Ben, oui, avant sa mort, notr'dernier curé v'nait bien... tous les mois lui t'nir compagnie un brin. Mais, à présent, y'en a pus... Comme y'a pu d'café... Pus d'école... Pus rien, pour ainsi dire... Vous pouvez y aller et lui débiter votr'petite chansonnette... Ell' veut pas de télévision... Ell' dit que ça « l'éluge » [1]... Allez-y donc...

Il s'assied sur l'unique chaise, un peu à l'écart, jambes écartées, les mains à plat sur les genoux. Les deux visiteurs demeurent piqués au pied du lit. On ne peut pas dire qu'ils soient très à l'aise : en préparant avec les « ainés » leur visite à Sainte-Apolline-des-Champs, ils n'avaient pas prévu, au hameau de « la Cosnardière », se trouver devant un cas aussi manifeste de souffrance humaine ; ils se regardent de biais, afin de découvrir dans un recoin de leur mémoire l'argumentation adaptée à une semblable situation.

La mère Gavard, le dos appuyé sur deux oreillers, a saisi son bâton, pour tapoter le pied de son lit, en signe de curiosité et d'impatience.

— Pensez ! Ça fait quinze ans qu'elle est comme ça !

La bonne femme s'agite :

— Qui c'est-y qu'vous êtes ? Hein ?

Et la canne frappe le lit.

— Eh, bien, madame... Nous sommes des envoyés... Oui, des envoyés... du ciel...

— Oui, c'est ça, répète le petit homme... Des envoyés du ciel...

— Nous comprenons votre problème... votre souffrance...

---

[1] Étourdit.

Vous n'aviez plus d'espoir dans cette vie... dans ce monde où tout va mal... un monde qui est prêt de disparaître... Nous sommes venus vous rassurer... Oui, vous pouvez encore être sauvée...

Elle part d'un gros rire, le corps tout agité de soubresauts ; le lit grince et tremble :

— Si seulement j'pouvais m'sauver ! ça m'arrangerait bien !

— Oui, nous venons pour vous sauver... mais pour vous sauver de ce monde qui est pourri par Satan, l'ennemi des hommes et de Jéhovah...

— Jého qui ?

— Oui, Dieu. La fin de cette Babylone arrive... Nous vous l'annonçons. Il faut que vous entriez dans le Royaume de Dieu, qui est tout proche. Le monde, tel qu'il est, va exploser, comme avec la bombe atomique qui est l'invention du diable... La fin des temps est là...

— Je n'comprends pas très bien c'que vous voulez dire... Mais vous parlez comme défunt notr'curé. J'voudrais bien que la fin arrive ? Sacré Dié, oui ! Mais ça n'viendra donc jamais !...

— Il faut patienter un peu encore (oh, peu de temps !) et quitter cette religion qui vous a trompée et qui vous condamne, comme elle a trompé et fait condamner, tant de pauvres gens, avant vous. Surtout vos prêtres qui sont, comme chacun sait, les amis du diable.

La mère Gavard ouvre tout grands les yeux, essaie de se redresser, afin de bien voir celui qui vient de lui parler. Il s'empresse de chercher dans sa Bible le passage qui appuiera son affirmation. De nombreuses languettes de papier, en guise de signets, marquent les pages capitales qu'il doit citer :

— Tenez... Dans l'évangile de Saint Mathieu, au chapitre quinzième, cette condamnation des prêtres et de leurs fidèles... Je n'invente pas... Écoutez :

« Ce peuple m'honore des lèvres, mais leur cœur est loin de moi. Vain est le culte qu'ils me rendent : les doctrines qu'ils enseignent ne sont que des commandements humains »...

Il élève le livre ouvert, l'index pointé sur les versets qu'il vient de lire, en signe de solennel témoignage...

« Vous voyez ! »

— J'sais t'y, moi ! J'ai pas étudié... J'suis pas allée aux écoles... Mais j'pourrais core vous réciter mon catéchisme, sur l' bout du doigt. Et ma prière, pareil ! Celle du matin, comme celle du soir ! Oui ! Ah, si seulement y'avait core des prêtres !...

— Des prêtres ? Vous savez bien qu'il n'y en a pratiquement plus. C'est d'ailleurs le signe de la fin des temps mauvais, l'annonce de la conversion ! Oui, plus de serviteurs du diable, qui ont failli vous mener en enfer, à la perdition ! Et de moins en moins de signes de leur présence ! Et, à présent, même leurs clochers se taisent ! Il faut laisser aller les derniers à leur perte. Ils sont déjà condamnés, rejetés ! Ils ne font pas partie du nombre restreint des sauvés. Ils n'auront pas part au Royaume de la Terre Nouvelle. Dans le dernier grand combat, Jéhovah les anéantira, avec tous ceux et toutes celles qui auront refusé de les abandonner pour les suivre jusqu'au bout.

Alexandre Gavard ne se sent pas apte encore à se convertir ; il n'a jamais été un pilier d'église ; il en a assez de ce triste sermon. Il s'en va, discrètement. Les deux prédicateurs paraissent en éprouver un certain soulagement. Ils vont s'asseoir, de chaque côté du lit. Elle les écoute, à tour de rôle, dévider l'écheveau d'un catéchisme nouveau, qui annonce mille ans de bonheur, pour ceux et celles qui le mettront en pratique, mille ans de bonheur, durant lesquels Jésus-Christ va gouverner lui-même la terre saccagée par les suppôts de Satan, et donner la santé aux paralytiques, comme il l'a fait durant son premier passage... et, cette fois, pour mille ans !

Pour confirmer les assertions de son collègue, le petit homme se met à lire, d'un ton officiel, le texte d'un tract qu'il va laisser, à son départ : « dans le choc qui s'annonce, seuls peuvent espérer survivre ceux qui ont pris fait et cause pour le Royaume de Dieu ».

La mère Gavard n'a point vu « de jeunes gens aussi bien élevés » (même pas son petit-fils !) compatir ainsi à ses malheurs. Elle se sent toute remuée : vrai de vrai, en dehors du médecin que l'on paie, elle ne pensait plus que sa pauvre carcasse puisse encore susciter, gratuitement, de la pitié, quelque intérêt.

Au bout d'un quart d'heure, ils affichent un air triomphant :

— Nous reviendrons ! dit l'homme à la Bible...

— Nous reviendrons ! reprend l'autre, en refermant la porte.

Achevé d'imprimer par Corlet, Imprimeur, S.A.
14110 Condé-sur-Noireau (France)
Précédent dépôt : novembre 1991 - N° d'Imprimeur : 4644 - Dépôt légal : avril 1992
Imprimé en C.E.E.